ONLY SILVER FISH

オンリー シルバー フィッシュ

西田大輔

論創社

目次

ONLY SILVER FISH

登場人物

マシュー……………クリスティ財団の跡取り。エミリーと結婚を控えている。
エミリー……………マシューの婚約者。

ロジャー……………マシューの学生時代の旧友であり、今は財団の顧問弁護士。
ロイ　　……………マシューの友人。エミリーをマシューに紹介した経緯がある。
セシル　……………エミリーの親友。
ケビン　……………放浪癖があるエミリーの兄。
サマーソン…………ケビンに連れられ、何故かパーティに出席してしまう男。
ラトーヤ……………ロイの恋人。
リッキー……………マシューの友人であり、新進気鋭の若手ミステリ作家。
リリィ　……………マシューのかつての恋人。ロイより偶然パーティの事を聞き、出席する。

パーカー……………黒服を纏った洋館の執事。
アガサ　……………突然現れた謎多き女性。

——舞台は一本橋を越えた先にある洋館から始まる。一人の執事と、一つの大きな水槽。そして、一匹の寂しい魚。

「その魚の名を知る事ができれば、たった一度だけ、振り返る事が出来る……その人にとって……大切な過去を」

これは、何時かの時間、何処かの国での、誰かの物語。
どちらが過去で、どちらが未来で、なにが本物なのか。
わかっているのは、その魚だけである。
名前を知りたかった、寂しい二人の物語。

されど上質なミステリには、穴がある——

PROLOGUE

舞台まだ暗い。さっきまで鳴り響いていた音楽は鳴り止み、辺りは深い闇に包まれる。
鳥の鳴き声が響く中、舞台は静寂を保っている。
朝焼けの光と共に、ゆっくりと光がソファーに降りてくる。
場所は一つの洋館、そして一つの部屋。
ドアの向こうから声が聞こえる。
手荷物を持った黒服の男がドアを開け、手早く入ってくる。

黒服　こちらです。どうぞ。

ドアの向こうから入ってくる一人の男。
名を、マシュー。
マシューは手に、束ねられた原稿を持っている。

マシュー　ありがとう。

マシューは室内を見渡し、笑顔を見せる。
水槽を見つけ、

マシュー　これは…見事だ。

我を忘れたかのように見入っているマシュー。
水槽で泳ぐ魚に目を奪われるように、

黒服　………。
マシュー　すごく綺麗だね、この魚。
黒服　皆、そう言われます。
マシュー　あ、そうだチップを…。

マシューは懐から、札を取り出し、黒服に渡そうとする。

黒服　いえ…お気持ちだけ…。
マシュー　どうして？

黒服　お屋敷をご案内しただけですから。

マシュー　いいからいいから…。

黒服　いえ、こういう場合は…。

丁寧に断る黒服。

マシュー　駄目なんだ？

黒服　申し訳ありませんが…。

マシュー　そっ…か。ごめんね、田舎暮らしが長かったから、こういうの慣れてなくて。

黒服　いえ、お気持ちだけで充分です。

水槽を気に留めるマシュー。

黒服　一週間の滞在で…よろしいんですよね？

マシュー　そうだね。

黒服　ご存知かと思いますが、この屋敷には電話はございません。

マシュー　うん。

黒服　何か緊急の御用がある場合は、私にお申し付け下さい。ただ、どうしても必要に迫られるお電話でしたら、この2マイル先に…

マシュー　そういう場所を選んだんだ。承知してるよ。
黒服　…はい。
マシュー　一つ、聞いていい？
黒服　どうぞ。
マシュー　この屋敷に、僕以外の滞在者が来る予定は？　この一週間の間で。
黒服　明日にお一人だけ。一泊の予定ですが。
マシュー　それは聞いてる。じゃあ…それだけなんだね。
黒服　はい。

マシューは握手のように腕を出し、

マシュー　マーティズです。よろしく。
黒服　執事のパーカーです。

黒服もまた、それに応じる。

マシュー　素敵な旅になりそうだ。
黒服　お荷物はここに置いておけばよろしいですか？
マシュー　うん。あ、ここでチップを…

黒服　いえ。

笑うマシュー。

マシュー　じゃ、出すタイミングだけは教えてくれよ。執事ではなく、友人としてね。
黒服　はい。マーティズ様、ご夕食は？
マシュー　じゃあしかるべき時間に。折角だから、一緒に食べよう。
黒服　しかし…。
マシュー　友人としてって言ったろ。それにどっちにしたって、明後日までは僕と君しかいないんだ。
黒服　わかりました。
マシュー　よし。いい名前だね。パーカーなんて…来たよ僕パーカー、パーカー。

歌を歌うマシューに黒服は困惑する。

黒服　……。
マシュー　チップを。

懐から札を取り出すマシュー。

黒服　あ、いや結構ですから…。
マシュー　でも、本当にいい名前だ。きっと君を生んだ親は気に入ってると思うよ。
黒服　…ファミリーネーム、ですので。
マシュー　あ。
黒服　でも、気に入っていましたよ。両親も。
マシュー　そっか。
黒服　ご夕食は何になさいますか？

水槽にふらりと近づくマシュー。

マシュー　……そうだね。

魚を見つめているマシュー。
しばらくの沈黙が訪れる。

黒服　…マーティズ様？
マシュー　あ、ごめん。えっと…
黒服　ご夕食は？

マシュー　ああそうだった。じゃあ、一つ謎かけをしよう。

黒服　謎かけ？

マシュー　僕は一つだけ、もう出てきただけでものすごく驚いてしまう食べ物があるんだ。それを当ててみてくれよ。

黒服　…。

マシュー　簡単だよ。サービス問題だ。

黒服　申し訳ないんですが、全然見当がつきません。

マシュー　ヒントはもう出てたじゃないか。僕と君との会話の中に。

黒服　え？

マシュー　名前だよ、名前。

黒服　え…え…わかりません。

マシュー　しょうがないな。まあ、チーズ。

黒服　……。

マシュー　チップ、チップを…。

懐から札を取り出すマーティズ。

黒服　いや、本当に結構ですから…。

マシュー　そう？　本当に教えてくれよ、タイミング。

黒服　はい。それではまた…ご夕食の時に。

マシュー　うん。

部屋を出ようとする黒服。
マシューは、再び水槽を見つめている。

黒服　あなたも、魅せられましたか…その魚に。

マシュー　…うん。

黒服　ここに来るお客様は、皆そうです。

マシュー　気持ち、わかるよ。だって、綺麗だからねぇ。

溜息をつくマシュー。

黒服　世界にたった一匹しかいないと言われています。

マシュー　そうなの？

黒服　ええ、まあ私は専門ではないので、本当のところはわかりませんが…。

マシュー　名前は？　この魚の名前。

黒服　…わかりません。

マシュー　わからないの？

黒服　はい。我々は、「オンリーシルバーフィッシュ」と呼んでいます。
マシュー　へえ…。でも、調べないの？
黒服　たった一匹の魚と言われていますので…。
マシュー　あ、そっか…。

魚を見つめるマシューと、黒服。

黒服　でもね…言い伝えがあるんです。その魚には…。
マシュー　言い伝え？
黒服　はい。
マシュー　どんなだい？　勿体ぶらずに教えてくれよ。
黒服　その魚の名を知ることができれば、振り返る事ができるんです。
マシュー　振り返る…？
黒服　たった一度だけ、その人の大切な過去を…そして選択できる。もう一度だけ…。
マシュー　…過去を、振り返る…か。ロマンチックな話だね。
黒服　皆さん、そうおっしゃいます。
マシュー　…それで、名前は？
黒服　え？
マシュー　勿論、君は知っているんだろ？

黒服　いえ。残念ながら。

マシュー　なら…調べたいなぁ。名前…か。

　　魚を楽しそうに見つめているマーティズ。

　　黒服は笑い、

黒服　ではマーティズ様。そろそろ…。

マシュー　この一週間で聞き出すから、覚悟してパーカー。

黒服　はい。

　　黒服は一礼をして、その場を後にする。

　　ソファーに座り、溜息をつくマーティズ。

マシュー　さて…と。

　　ふらりと水槽に近づくマーティズ。

　　泳いでいる魚を見つめ、

マシュー　そろそろ、始めようか。

誰かの名前を呟くマシュー。

それは笑っているようでもあり、泣いているようでもある。

マシューは、溜息をつくと、手に持っていた原稿をバタンと閉じる。

音楽。

再び水槽を見つめるマシュー。

舞台ゆっくりと暗くなっていく。

その中でキラリと光る、かすかな魚。

19　ONLY SILVER FISH

ACT 1

扉をノックする音。
黒服の男が手荷物を持って入ってくる。
名を、パーカー。

パーカー　エミリー様がご到着されました。
マシュー　ありがとう、通して。

扉から勢いよく、一人の女が飛び込んでくる。
名を、エミリー。

エミリー　わあ。
マシュー　遅かったね。
エミリー　なかなか車が来なくって、ほら…他になにもないじゃない。
マシュー　確かにそうだ。

エミリー　すごい…綺麗。

水槽を見つめるエミリー。

エミリー　こんな大きな水槽、あるのね。素敵。
マシュー　僕も思った。手入れはしてるんだね。
パーカー　あ、はい。
エミリー　想像してたより、素敵なところね。
マシュー　うん。逆に静かな方がいいと思ったんだ。僕たちの事をみんなに知らせるには。
エミリー　そうね。

咳払いをするパーカー。

パーカー　本当に、おめでとうございます。
マシュー　ありがとう。
エミリー　知ってるの？
マシュー　うん。さっき、伝えた。知り合いなんだ。
エミリー　へえ…。
パーカー　…昔から、この屋敷を任されておりましたので。

エミリー　そうだったんですか。あ、ありがとう。じゃあ、この屋敷も昔から？
パーカー　はい。マシュー様のおばあ様も、ご利用なさったことがございます。
エミリー　なら、この屋敷で名作が生まれた可能性もあるのね。
マシュー　そうだね。
パーカー　何も無いところですので、御用の際はお申し付け下さい。電話をおかけになる場合は…。
マシュー　２マイル先に、一つだけあるんだよね。
パーカー　あ…はい。
マシュー　ありがとう。じゃあ、今日はよろしく。
パーカー　はい。

パーカー、一礼をしてその場所を出て行く。

エミリー　どうして、知ってるの？
マシュー　何が？
エミリー　だって今、怪訝な顔をしてたわ。何で知ってるんだろうって？
マシュー　わからないの？
エミリー　え？
マシュー　だって君も読んでるはずだよ。

エミリーは原稿を見つめて、

エミリー　ああ!!

マシュー　そう…この場所は、この作品のモデルとなってるんだ。

エミリー　そっか…そうなんだ。

マシュー　冒頭の場面、一人の男がホテルに入ってくるんだ。そこで今の君と同じように、水槽を見つめる。

エミリー　そうそう。

マシュー　男が言うんだ。「何か緊急の御用がある場合は、私にお申し付け下さい。ただ、どうしても必要に迫られるお電話でしたら、この2マイル先に」って…

エミリー　確かにそう!!

マシュー　もしやと思って言ってみたら、当たってた。

エミリー　だけどいやに細かく覚えてるのね。私はなんとなくしか、覚えてない。ほら、あそこ。

マシュー　何?

エミリー　まあ、チーズ。

マシュー　ああ、あれね。

エミリー　あれ、いまいちよね…。

マシュー　そうだね…。あ、さっき一人で読み返していたんだ。自分を主人公に置き換えてね。

エミリー　だからか。

マシュー　この場所は、ただの場所じゃない気がするんだよ。来て初めてわかったことだけど…。

エミリー　どういう意味？

マシュー　もしかしたら…実話だったんじゃないかって…。

エミリー　…その話？

マシュー　うん。

エミリー　じゃあ、いるの？　オンリーシルバーフィッシュ。

笑うマシュー。

マシュー　いたらいいよね。そんなロマンチックな話、あってもいいじゃないか。

エミリー　そうね。

再び水槽を見つめるエミリー。

エミリー　あなたは、どうする？

マシュー　何が？

エミリー　もし魚の名前を見つけることができて、過去に振り返れるとしたら。何を振り返る？

マシュー　うん…いきなり言われても、難しいなぁ。

エミリー　…私たちの結婚、振り返って無しにする？

マシュー　そんなわけないじゃないか。僕にとって変えたくない一番の過去だ。
エミリー　…良かった。

見詰め合う二人。
近づく瞬間、ドアをノックする音が聞こえる。
マシューは慌てて、

マシュー　はい。

そこに一人の男が入ってくる。
名を、ロジャー。

ロジャー　失礼致します。

一礼すると、ロジャーは部屋の鍵をかける。

マシュー　あ…遅かったね。
ロジャー　申し訳ありません。道が中々わかりづらかったもので。
マシュー　何もないところだからね。

エミリー　この方は？

マシュー　あ、顧問弁護士のロジャーだよ。

ロジャー　この度は、おめでとうございます。

エミリー　ありがとう。

握手をするロジャーとエミリー。

マシュー　ほら、おばあ様の財産のことで、色々と手続きがあって…。

ロジャー　祝いの席でこんな話をするのは、いささか気がひけるんですが、マシュー様の確認を取らなければならないことも多く、申し訳ありません。

エミリー　いえ、しょうがないわ。

マシュー　ロジャーは、几帳面すぎるところがあるんだよね。

ロジャー　申し訳ありません。今も入ってくる瞬間、ただならぬ空気を感じてはいたんですが、もしそうでなければと考えるといたたまれなくなってしまい…。

エミリー　本当に几帳面なのね。

ロジャー　あ…はい。ですが、お二人を祝福したいという思いは勿論ありますので、もしその…ただならぬ時間というのであれば…はい。それはもう出て行きますので…。

部屋を出て行こうとするロジャー。

マシュー　あ、いいっていいって…!!

ロジャー　いや、しかし…。

エミリー　別にそんなんじゃなかったから、ね。

マシュー　ああ。

ロジャー　そうですか？

マシュー　それにそんなかたっくるしい態度もしなくていいよ。ロジャーは友人なんだ。学生時代からの。

エミリー　あ、そうなの。

マシュー　昔っからそうなんだよ。本当、几帳面。物事を整理しないと気がすまないタイプなんだ。

ロジャー　お恥ずかしい…。

マシュー　彼女にもそんな態度はいいよ。これから君も友人になるんだから。

ロジャー　しかし、そういうわけにはいきません。公と私はきちんとわけなければ、おばあ様亡き今、あなたはクリスティー財団の跡取りだ。

マシュー　なら命令だよ。君は友人だ。

ロジャー　マシュー様。

マシュー　命令だよ。

ロジャー　…わかりました。あ！　では友人として、ただならぬ雰囲気にお邪魔したというなら…こう…そうだ。背を向けましょう。あ、どうぞ。

背を向けるロジャー。

マシュー　いや、背を向けられても困る。
ロジャー　あ、どうぞ。気にせずやってください。
マシュー　言われてもできないから。こら!!
エミリー　本当にそんなんじゃなかったんだから。ねえ。

向き直るロジャー。

ロジャー　そう…ですか。
エミリー　几帳面にも程があるわ。
マシュー　言葉遣いも直してくれよ、全く。
ロジャー　いや…本当に悪いが申し訳ありません。自分でもこの几帳面さが嫌になるときがあるんだよ。君らにも散々迷惑かけてすまんが、もうちょっとお付き合いしてくれたもれ。
エミリー　言葉遣いがめちゃくちゃになってるわよ。
ロジャー　あ…。
マシュー　しっかりしてくれよ、全く。

ロジャーは深呼吸をして、

ロジャー　わかった。迷惑かけた、もう任せろ。

エミリー　…。

ロジャー　お前ら、本当良かったな。めでたいな。やったじゃねえか。なあ。

エミリー　何故か鼻につくわね。

ロジャー　え!?　そうですか？　私なりに…。

エミリー　昔からこうだったの？

マシュー　うん。もういいよロジャー、それで？　本題に入ろう。

ロジャー　…わかった。

ケースから書類を出すロジャー。

ロジャー　この書類に目を…後にサインをもらいたい。

マシュー　っと…これは……。

書類を手に取り、見つめているマシュー。

ロジャー　お母様の財産、それから君への分…無粋な気もするが、こういうのは死後すぐにやっておかないと、後々のトラブルにつながるものだから。

マシュー　そっか…ありがとう。

ロジャー　それと、これが死後出版の件について。

エミリー　それ…。

ロジャー　おばあ様は、作品を残しておいたんだ。自分の死後、君たちがお金に困る事のないように…。

エミリー　本当に？

マシュー　そうみたい…。

新たな書類をケースから出すロジャー。

ロジャー　これが出版の権利、そしてこれが、利益の印税率だ。契約自体は君の好きな所で、条件のいいようにして構わない。

マシュー　わかった。

ロジャー　…どうしたの？　嬉しそうじゃないね。

エミリー　…あ、いえ。

ロジャー　大ベストセラーの未発表作品だ。世界中が飛びつくよ。よほどの事がなければ、君らはもう安泰だね。

エミリー　なんか…申し訳ない気持ちになってくるわ。

ロジャー　どうして？

エミリー　だって…それを読みたい人はたくさんいるのに。純粋に、おばあ様のミステリを愛して…。

ロジャー　そうだね。

エミリー　だからお金が前に来るのは、寂しいわね。どうしてもそういう風に見られちゃうじゃない。

マシュー　…君がそう思ってるなら、問題ないよ。そう言ってくれて、嬉しい。

ロジャー　申し訳ないが、それが私の仕事だから。

エミリー　あ、決してそんなつもりじゃ…。

ロジャー　ああ、わかってる。僕は駄目だな…几帳面ゆえに、言わなくてもいい事まで言ってしまう。

エミリー　でも、悪い人じゃなさそうね。

ロジャー　ありがとう。やっと友達っぽくなってきた。

マシュー　ロジャー。サインは？　すぐにしなきゃ駄目？

ロジャー　ああいや、金額に目を通すだけで構わないから。また改めて見て欲しいし、

マシューから書類を受け取るロジャー。
ケースにしまいながら、

ロジャー　今は他にサインしなきゃいけないものもあるんだろ？

マシュー　あ…。

エミリー　そうね。

ロジャー　素敵なイベントだと思うよ。みんなの前で、正式にサインするだなんて。

笑う二人。

マシュー　それもあるけど…実はおばあ様の為でもあるんだ…。

ロジャー　どういうことだい？

マシュー　ほら、報告をする前に亡くなってしまったから。幸せな瞬間を、見せてやれなかったし…。

ロジャー　…。

マシュー　ここは、思い出の場所なんだ。これにも書いてある。だから…。

書類を見つめるロジャー。

ロジャー　これは…。

マシュー　そう、世に出てない幻の作品。もう一つあったんだ…。

ロジャー　……。

ロジャーに渡すマシュー。

ロジャー　…君のお母様から聞いてはいたけど、本当にあったんだ。

マシュー　舞台は古い洋館の屋敷。リヴィングには、大きな水槽が置いてある。そこで繰り広げられる極上のミステリ。

ロジャーは水槽を見つめ、

ロジャー　じゃあ…。

マシュー　そう、舞台はこの屋敷なんだよ。こんなに凄いことってある？　僕らは今、偉大なミステリ作家が想像を膨らませた場所にいるんだ。

エミリー　この人、きっとおばあ様の一番のファンだからね。

ロジャー　すごいね…読んでみたい。

マシュー　勿論、そのつもりだよ。

ロジャー　本当に？

マシュー　ああ。今日皆を集めたのは、それが目的でもあるんだ。

ロジャー　僕も構わないのか？

マシュー　友人だろ。当たり前じゃないか。

ロジャー　それじゃ、はりきって仕事を終わらせないとな。きちんと何もない状態で読まなきゃ楽しめない。

エミリー　また出た。

マシュー　ね。あ、ロジャー、他に何か…。

書類に目を通しているロジャー。

ロジャー　ああ、大したことじゃないんだけど、今日は君たちの友人が集まるんだろ。

マシュー　そうだよ。

ロジャー　さっきそこに来てたから、伝えようと思って。

マシュー　そっか。…え?

ロジャー　来てたから。

マシュー　来てたっていつ?

ロジャー　いや、僕がこの部屋に入ってくるときにだよ。

マシュー　どこに?

ロジャー　そこに。

エミリー　そこって?

ロジャー　すぐそこだよ…ドアの前。えっと…。

書類に目を通しているロジャー。

マシュー　えっと、じゃないよ。何で通さないんだよ！

ロジャー　いや、仕事の話があったから終わらせようと…。

マシュー　失礼だろ、それじゃ…。

慌ててドアに駆け寄るマシュー。

ロジャー　あ、つい几帳面さが…。

エミリー　そういう問題じゃないでしょ。

慌ててドアの鍵を開けるマシュー。
飛び込んでくる一組の男女。
男の名は、ロイ。
女の名は、セシル。
二人は、息遣いが荒い。

ロイ　なんなんだ!!　なんなんだ一体!!

セシル　ちょっとどういうことよ

マシュー　ごめん、いたんだ。

ロイ　いたよ、ずっといたよ。話し声も聞こえたさ。あんたが几帳面だって事もわかったさ!!

エミリー　本当ごめんね。

セシル　あのね…。

エミリー　本当ごめん。

ロイは、ロジャーに駆け寄り、

ロイ　あんたどういうつもりなんだよ一体!!

ロジャー　お気に触ったんなら、申し訳ない。

ロイ　触るだろ、普通。触るだろ。俺ら、あんたよりも先に着いてたんだぞ。で、いざドアの前で入ろうとしたら、「ちょっと失礼」って先入って、ガチャって鍵かけておかしくねえ？　それ、絶対おかしくね？

ロジャー　あ、つい几帳面さが。

マシュー　ごめん。ロジャー本当にそうなんだ。

ロイ　知ってるよずっとそこにいたんだから！　几帳面だって事も十二分にわかってる。

セシル　あなた達がいたたまれない雰囲気だったって事もね。

ロイ　そうだよ！　ああやってやろうさ。俺たちもやってやろうさ。

セシルと二人で背を向けるロイ。
マシューたちは慌てて、

ロイ　さあやって！　ドンとやって！
マシュー　やらなくていいから！
ロイ　何で!!
エミリー　そんなに怒らないで。悪い人じゃないんだから、ね。
ロイ　…そう？
ロジャー　…本当に、申し訳ない。
ロイ　気をつけてくれよ…俺たちの前で、几帳面は禁止だぜ。
ロジャー　あ、勿論。
ロイ　じゃ許す。

握手をするロジャーとロイ。

ロイ　後、ガチャリもな。
ロジャー　わかった。
セシル　困ったわよ、私たち初対面なのに、ね。
エミリー　あ、そうか？

セシル　そうよ、当たり前でしょ。
マシュー　じゃあ、改めて紹介するよ。こっちは…。
セシル　別にもういいわよ。充分、打ち解けたから。
ロイ　そうだな、人間追い詰められると人見知りは関係なくなる。
セシル　それに、あなたの噂は充分、聞いてるわ。希代の遊び人って有名だもの。
ロイ　おいおい、人をドラクエみたいに言うなよ。どっから聞いてんだ、そんな話。

手を挙げるマシューとエミリー。

ロイ　おい。
マシュー　いいじゃんか、本当の話なんだから。こっちは、セシル。彼女の職場の同僚なんだ。
セシル　改めて、よろしく。

握手をするセシルとロイ。

マシュー　わかってると思うけど、こいつには気をつけてね。
セシル　あ、大丈夫。タイプじゃないから。全然。全く。
ロイ　…全然と全くを同時につかわないでくれる？　傷つくから。
セシル　あ、ごめん。私、一言多い癖あるから。

マシュー　いいの。こいつにはそれくらい厳しくしないと。
ロイ　何でだよ。それにな、もうそういうのは、止めたの。
エミリー　本当に？
ロイ　そうだよ、お前たちも一緒になるし、俺もそろそろ落ち着きたいと、思ってね。
エミリー　本当かな。
ロイ　本当だよ、なあ？

びっくりするロジャー。

ロジャー　え？　いや、私は知ら…
ロイ　もう友達だろ。なあ？
ロジャー　え、あ…ああ。
マシュー　毎回言ってるけどね、こいつ。
ロイ　今度は本当。遊ぶのはもう終わりだ。お前らに負けないような、立派な家庭を作る。
エミリー　本当かな？
ロイ　本当だって。なあ？
ロジャー　え、ああ。
マシュー　で、新しい彼女は？　紹介するって言ってたじゃないか。
ロイ　ああ、仕事の都合でちょっと遅れてくるんだ。なあ？

ロジャー　あ、ああ。
エミリー　じゃあ、その子と？
ロイ　うん。まあ、いずれそうなるだろうね。
エミリー　…本当かなぁ？
ロイ　しつこいんだよ。どんな奴だよ俺は。なあ？
ロジャー　ああ。あ、いずれみんなにも紹介するから、来たとき。そんなに悪い子じゃないから、
心配しないで。
ロイ　あんたが何知ってんだよ。
ロジャー　あ、つい…。
セシル　あ、そうだ。それよりもさっきの話、聞こえたわよ。
エミリー　何？
セシル　未発表作品。えっと…。
マシュー　ああ、これ…。

マシューは原稿を渡す。

セシル　すごい…ちょっとすごいね。私たちも、読めるの？
マシュー　勿論。君らもただの結婚報告だけじゃ、来た甲斐がないからね。
セシル　やった…。

ロイ　どれ…。

ソファーに座り、読み始めるロイとセシル。

ロジャー　では…私はちょっと…。
マシュー　どうした？
ロジャー　仕事の報告だけしないと、気がすまないから。
マシュー　相変わらず仕事は早いね。
ロジャー　そこだけはスマートにね。あ、それと…これ。

ケースから、書類を出し、マシューに渡す。

ロジャー　頼まれてた、報告書。
マシュー　ああ。
ロジャー　居場所もちゃんと突き止めた。連絡も取った。今日は来るそうだよ。
マシュー　本当に良かった。
ロジャー　彼女もきっと、喜ぶね。
エミリー　何の話？
マシュー　ああ、いや、こっちの話。

慌てて書類を隠すマシュー。

エミリー　何よそれ。
マシュー　君へのプレゼントみたいなものだから、楽しみにしてて。

溜息をつくエミリー。二人は笑い、

マシュー　ロジャー、ありがとう。本当に君は仕事ができる。
ロジャー　スマートに。それだけが僕の特技だから。さ、会社に報告だ。ちょっと電話を貸して…
マシュー　あ、ないんだ。ここ…。
ロジャー　そう…じゃあちょっと外にかけてくる。すぐ帰ってくるよ。
エミリー　電話、２マイル先よ。
ロジャー　…そう。じゃあ、しばらくは帰ってこないかもしれない。
マシュー　…。
エミリー　スマートじゃなかったわね。

首を傾げながら、ロジャーは部屋を後にしていく。

ロイ　……。

ロイはふとドアまで立ち寄り、鍵をかける。

マシュー　何をやってんだよ。
ロイ　…あいつにもわからせてやろうと思って。俺たちの孤独感。
マシュー　やらなくていいんだよ、新しい招待客が困るだろ。
ロイ　そう？

鍵を開けるマシュー。

セシル　…読み始めちゃうと、きりがないわね。
エミリー　でしょ。
セシル　でも、こんなすごいもの…ポンて置いてて大丈夫なの？　もし盗まれでもしたら…。
マシュー　今日だけだよ。普段は金庫にちゃんと保管してあるから。
エミリー　そっ。今日の日を祝ってくれるみんなの為だけに。
セシル　そう。

原稿を大切に閉じながら、セシルは水槽を見つめる。

セシル　これもすごい…。
ロイ　魚…いないのか?
マシュー　みたいだね。
ロイ　ここで優雅に泳ぐとこ、見てみたいけどな。宝の持ち腐れじゃない。
マシュー　…普段はほとんど使われていないから。
セシル　でも…この洋館が舞台か…。
エミリー　…素敵よね。

水槽を見つめる四人。

セシル　…あ、そうそう…縁があるのよね。
エミリー　何の話?
セシル　あなたと、彼。それと、おばあ様。
ロイ　どういうこと?
セシル　最初の作品、処女作よ。「スタイルズ荘」。

マシューは、思い出したように、

マシュー　ああ。
ロイ　それがどうしたんだよ？
セシル　記念すべき最初の被害者、それがあなたよ。
エミリー　…私？
セシル　そう。殺された夫人の名前と一緒。何か縁があると思わない？
エミリー　…そうなんだ。
マシュー　そうだよ。スタイルズ荘でエミリー婦人は毒殺されるんだ。そしてポアロは登場する。
　名探偵のデビュー作だよ。
ロイ　へえ。
セシル　そして同じ名前を持つあなたがお孫さんと結婚する。縁でしょ。
エミリー　そうね…喜んでいいんだか悪いんだかわからないけど。
マシュー　いいんだよ。だって彼女も僕も、それで幸せを掴んだから。
エミリー　うん。
ロイ　そうだよ、いーんだよ!!　…あ、言ってみただけだから。しかとしていいよ。
エミリー　じゃ、殺されないように注意しないとね。どうする？　部屋、案内したほうがいいわ
　よね。
セシル　勿論。
エミリー　私もまだ部屋に入ってないから。えっと…。
マシュー　僕が案内するよ、みんなを。行こう。

ロイ　…。

鍵をかけようとするロイ。

マシュー　鍵はかけなくていい。行くよ。

ロイ　……。

マシューに促され、エミリー、セシルは奥の部屋に入っていく。
ロイも後を追うようにその場を離れる。
舞台は誰もいない。
ゆっくりと水槽に光が当たっていく。
「ポチャン」と、水のはじく音。
舞台ゆっくりと暗くなっていく。

★

再び明るくなると、一人の女がその場にいる。
ソファーに座る。
原稿を見つめ、溜息をつく。
じっと見つめる女。

女　……。

そこに入ってくるエミリー。

エミリー　もう…原稿、忘れちゃ駄目じゃな…!?

目が合う二人。

エミリー　…え…あなた…。

笑いかける女。

女　あなたがマシューの嫁になるの?

エミリー　そう…ですけど。

女　器量も良さそうだし、いいんじゃないの。

エミリー　あなた…どなたですか?

女　誰って、決まってるじゃない。アガサよ。

エミリー　アガサ…あ、マシューのお知り合い?

女　知り合いよ、当たり前じゃない。

エミリー　そう。
女　それよりも、原稿。こんなところにほうっておいたら駄目よ。これがどれだけ価値のあるものか、わかる？
エミリー　あ、ごめんなさい。
女　折角あなた達の為に残してあげたのよ。大事にしてもらわないと。
エミリー　どういう…意味ですか？
女　それよりもほら、見てみなさい。

水槽を促す女。
エミリーが見ると、魚が泳いでいる。
驚き、水槽に近寄るエミリー。

エミリー　え…泳いでる!?
女　とても綺麗でしょ…。その魚。
エミリー　…。

頷くエミリー。

女　それがオンリーシルバーフィッシュよ。

エミリーはあることに気づいて、

エミリー　ちょ…ちょっと待って下さい。まさか…

女　まさかも何も、そういうこと。

エミリー　じゃあ…じゃああなたは…。

マシューが入ってくる。

マシュー　どうしたの…？　え!?

女　あら、おめでとう。

マシュー　誰…この…

エミリー　この人…おばあ様…。

マシュー　は？　何言ってんだよ。

エミリー　見てこれ、これよ。

水槽を促すエミリー。

マシューはそれを見て、驚く。

マシュー　うわ…綺麗な魚だな。君がやったの？

エミリー　そんなことできるわけないでしょ。

マシュー　じゃ、この人が…？

女　そう…私がやったの。私から、あなたたちへの結婚祝いよ。

マシュー　ありがとう。

マシューの腕を掴むエミリー。

エミリー　マシュー…!!

マシュー　君の知り合いだろ、僕を驚かせようとして。

女　そういうことにしてみたら。

マシュー　でもあなた…どこかで逢ってるような気がするな。あれ…ありますよね？　逢ったこと。

女　あるわよ。何回も。あなたの小さい頃から何度もね。

マシュー　またまた〜。次はあれですか？　ねえ、あれでしょ。この魚が…オンリーシルバーフィッシュだなんて言っちゃって。

女　本当にそうなのよ。

マシュー　ほら当たった!!　いいなぁ、凝ってるね。だからおばあ様なんて言っちゃったんだ。かわいいぞ。

エミリー　真面目に私の話を聞いて。

マシュー　聞いてるよ。皺一つないおばあちゃま、この屋敷にようこそここへ。遊ぼうよパラダイス。

女　この子は若干、調子に乗る気配があるね。

エミリー　真面目に私の話を聞いてよ。

マシュー　聞いてるよ。この魚がオンリーシルバーフィッシュなんだろ。

　　水槽を見るマシュー。

マシュー　でも、本当に綺麗だねぇ。こんな魚、見たこと無い。

エミリー　この人がそう言ったの!!　私に…!!

マシュー　わかったよ。

エミリー　私は知り合いでもなんでもないわ。でもこの人が言ったの、あの本の中身を知ってるの!!

マシュー　え？

エミリー　私とあなたしか知らないあの本の中身を…。そんな事ってありえる？

　　エミリーの真剣な表情に、驚くマシュー。

マシュー　…ちょっと待ってよ。そんな馬鹿な話があるわけ…じゃあこの人は…

女　アガサよ。

女の名は、アガサ。

マシュー　…。

アガサ　それだけで、わからないかしら。

マシュー　嘘だろ…。

エミリー　マシュー…。

アガサ　その名前も、私がつけたんだよ。ロザリンドから聞いてないのかい？

マシュー　どうして母さんの名を…

アガサ　お腹を痛めた娘の名前を、忘れるわけないだろ。

マシュー　嘘だ。嘘に決まってる。

エミリー　でも確かに言ったの、オンリーシルバーフィッシュだって。

マシュー　そんなの、君が来る前にちらっと見ただけかもしれない。だってここに置いてあったんだろ。

アガサ　舞台は洋館。その魚の名前を当てることができれば、過去を振り返ることができる。集まったミステリ好きの十一人。現れる名探偵。結末も、言ったほうがいいのかい？

驚き、後ずさるマシュー。

マシュー　…嘘だ。

アガサ　私はちゃんと遺書に書いたよ。この本は、孫のマシューの為だけに残すと。
　それとも、あんたはこの本を知らぬ他人に読ませたりしたのかい？

マシュー　じゃあ、あなたは…。

アガサ　そう…アガサ。私は振り返ったんだよ、この本の中身と同じように。

　　水槽を見つめるアガサ。

マシュー　おばあ…様。

アガサ　その呼び方はやめてちょうだい。折角こんな格好になってるんだから。

エミリー　どうして…ここに？

アガサ　あなた達の結婚祝い。それから、資格を与えるわ。

エミリー　資格？

マシュー　それって…。

アガサ　そう。この魚の名前を当てることができれば…過去を振り返れる。その資格よ。

　　顔を見合わせるエミリーとマシュー。

アガサ　当てて御覧なさい。

笑うアガサ。

音楽。

舞台ゆっくりと暗くなっていく。

ACT 2

舞台明るくなると、一人の男がドアを開けて入ってくる。
名を、ケビン。

ケビン　すいませーん!!　誰か…すいませーん!!

ケビンは誰かを呼ぶが、誰も出てこない。
ドアに声をかけるケビン。

ケビン　いいよ、こっち入ってきちゃって…ほら、いいからいいから。

恐る恐るもう一人の男が部屋に入ってくる。
名を、サマーソン。

サマーソン　あ、すいません。

ケビン　いいから、ほら、早く。
サマーソン　でも…私、大丈夫ですか？
ケビン　大丈夫だよ。今日はめでたい日なんだから。
サマーソン　いや、でも…。
ケビン　いいから。こういうのもね、何かの縁なんだよ。気にしなくていい。
サマーソン　…すいません。
ケビン　ちょっと待っててね…すいません!!　あれ、いないのかな？　すいません!!

ケビンは再び呼びかけるが、誰も出てこない。

ケビン　あれ…おっかしいな。日にち間違えちゃったかな…。
サマーソン　なら私、構いません。帰りますから。
ケビン　いいって!!　行くところないでしょ、車動かないんだから。いいから、いなさい。
サマーソン　…すいません。
ケビン　ちょっと待ってて、ね。いませんか？　すいません!?　すいませーん!!
サマーソン　…。
ケビン　すいませーん!?　…すいませーん!!
サマーソン　……。

サマーソンは何となく水槽を見つめている。

ケビン　あ、君ももし良かったら手伝ってくれる？　ぼっと見てないで。
サマーソン　あ、すいません。
二人　すいませーん!!　すいませーん!!

二人顔を見合わせる。
ケビンはサマーソンを制し、

ケビン　…なんかハモっちゃうのも、変だから。
サマーソン　あ、すいません…。
ケビン　かぶらないように、ね。
サマーソン　はい、すいません。
ケビン　すいませーん!!
サマーソン　すいません！
ケビン　すいませーん!!
サマーソン　すいません!!

呼ぶ拍子が心地よく聞こえてくる。

ケビンはサマーソンを制し、

ケビン　あの、餅つきみたいになっちゃってるから。
サマーソン　あ、すいません。どうしよう…。
ケビン　普通な感じで、探してるみたいな雰囲気で…。
サマーソン　あ…できるかな？
ケビン　できるから、できる。普通の事だから。
サマーソン　すいません。
ケビン　君出てきてからすいませんしか言ってないし…。
サマーソン　すいません。
ケビン　……。じゃ、こう微妙に被ってくる感じで、ね。

深呼吸するサマーソン。

ケビン　すいま…
サマーソン　すいませーん!!
ケビン　すいません！
サマーソン　ませーん!!
ケビン　すいません!!

サマーソン　すいすい～!!
ケビン　今すいすいって言ったよな！　すいすいって言ったよな!!
サマーソン　いや…その、被らないみたいな雰囲気のほうがいいかと思って…。
ケビン　別にいきなり出てきて君とコントやりたいわけじゃないんだ。
サマーソン　本当にすいません…やっぱり私、帰ります…。
ケビン　いいから、残ってて。僕が何とかするから。

ケビンはもう一度、辺りを見渡し、

ケビン　すいませーん!!　本当に日にち間違えちゃったのかな…すいません!!
サマーソン　すいません!!
ケビン　すいませーん!!
サマーソン　すいまーせん!!

今度は二人ともうまくいく。

ケビン　できるじゃないか!?　できるじゃないか!?
サマーソン　あ、ありがとうございます。
二人　すいませーん!!

奥の部屋から、ロイが飛び込んでくる。

ロイ　はいはいはいはいうるさいようるさいよ。

ケビン　いた…。

ロイ　すいませんすいませんって何回謝ってんだよ!!

ケビン　君か…おめでとう。

ロイに思い切り抱きつくケビン。

驚くロイ。

ケビン　いや、おめでとう。本当におめでとう。逢えて嬉しいよ。

ロイ　は？

ケビン　わかるよ、俺は見ただけでわかった。面構えがいい。いかにも、あいつの選びそうな男だ。

ロイ　いや、あの…。

ケビン　ここまでの道すがら、ずっとどんな言葉をかけようか迷っていた。ほら実際、何処にいるかもわからない、放蕩ものの兄だ。だけど実際逢ってみると、言葉なんてどうでもよくなってくるものだな。

ロイ　あんたちょっと勘違い…。

再びしっかりと抱きしめるケビン。

ケビン　ありがとう。本当にありがとう。妹の事はずっと気にかけていたんだ。駄目兄貴と言われながらもね、何処の馬の骨かもわからん奴にはやりたくなかった。

ロイ　あのね…。

ケビン　いやあ、見れば見るほどいい男だ。面構えもいい。君は、本物だね。俺にはわかる。

つい、その気になってしまうロイ。

ロイ　そうですかね。

ケビン　そうだよ。自慢ではないが、世界を回ってきたんだ。だがこれほどの男に出逢ったことはないよ。いや、たいしたもんだ。

ロイ　言いすぎですよ。

ケビン　そんなことはない。たいした器じゃないか。

ケビンはサマーソンに、

ケビン　この人はね、遠い地にいる私を見つけてわざわざ連絡をくれたんだよ。

サマーソン　…あ、そうですか。
ケビン　そうなんだよ。
ロイ　その方は？
サマーソン　あ、私は…
ケビン　私の友人だよ。そうだな、親友とでも言っておこうか。
サマーソン　あの…。

笑顔でピースサインをするケビン。

サマーソン　……。
ロイ　そうですか。
ケビン　さあ、硬い話はこれくらいにして、今日はゆっくり飲み明かそうじゃないか。彼も勿論、構わないよね。
ロイ　まあいいんじゃないですかね。

笑顔でピースサインをするケビン。

サマーソン　……。
ロイ　じゃあ部屋二階にあるんで、案内しますよ。

ケビン　つくづく気前のいい男だね、君は。びっくりする。
ロイ　あざっす!!
サマーソン　あ、でも…

笑顔でピースサインをするケビン。

ロイ　じゃ、こっちで…。

奥の部屋から、マシューがやってくる。

マシュー　何かあったの？
ロイ　お前こそ、どうしたんだよ。こんだけ騒がしいのに出てもこないで。
マシュー　あ、ちょっと…。
ケビン　やっぱり騒がしかった？
ロイ　あ、いや全然。出会いのファンファーレみたいなもんですよ。
ケビン　うまいね、もうね、「器」がうまいなぁ。ねえ？
サマーソン　あ、はい。その返しはうまくないですけど…。
ケビン　何？
サマーソン　あ、すいません…。

ロイ　さあ、行きましょう。

　　行こうとする三人。

マシュー　ちょっと待って。この人は…？

ロイ　全然知らない、でもいい人だよ。さ。

マシュー　ちょっと、知らない人、入れられても困るよ!!

サマーソン　すいません…。

ロイ　まあいいじゃんか。

マシュー　良くないだろ、普通。ただでさえ今こっちはそれどころじゃないんだから…。

ケビン　…彼は、君の友達？

ロイ　え？　あ、そうです。

ケビン　君に似合わず小粒な男だね。器が。

マシュー　なんだ、あなた失礼だな。

ロイ　まあ、そう言わないで下さい。悪い奴じゃないんですよ。

ケビン　友情も持ち合わせてる。こりゃたまげた器だな。

ロイ　恐縮です。

ケビン　いいんだよ、いいんだよ。守ってあげなさい、小粒なりに役に立つこともあるから。

マシュー　ちょっとあんたさっきから失礼じゃないか。なんなんだ！

奥の部屋からアガサが入ってくる。

マシュー　ああ！
アガサ　…。
マシュー　ちょっと何しに来てんですか!!
アガサ　お腹空いたから、パーカーに頼もうと思って…。
マシュー　おばあ様!!
ロイ・ケビン　おばあ様…。
マシュー　え、いや、なんでもないなんでもない!!
アガサ　その呼び方やめろって言ったろ。

マシューは小声でアガサに、

マシュー　しょうがないじゃないですか。勝手に出てこられても困るんですよ。
アガサ　どうして？
マシュー　だってみんなにどう説明するんですか？
アガサ　いいじゃない別に…隠してもしょうがないだろ。

アガサはマシューを振り切り、部屋を出て行こうとする。

マシュー　ちょっとおばあ様!!

三人　おばあさま…。

マシュー　ああ!!　いや…その…なんでもない。なんでもない。ね。

ケビン　騒がしい男だな。

ロイ　ね、行きましょう。

マシュー　いや、ちょっと待ってって!!　勝手に行かないで!!

マシューがロイ達を止めようとすると、
アガサが部屋を出て行こうとする。

マシュー　おばあさ…

三人　おばあ様…。

マシュー　あ、いや何でもない。

ロイ　マシュー、その子誰なんだ?

マシュー　え?　あ…。

ロイ　さっきからおばあ様、おばあ様って…。

マシュー　いや、言ってないよ。そんな事…。

アガサ　私がこの子のおばあ様だからだよ。
マシュー　あああ!!

マシュー、無理矢理アガサを部屋の外に出し、鍵をかける。
向こうからドアを叩く音がする。

マシュー　もう食べ物でも何でも食べてきていいから！

シーンとドアの音が鳴り止む。
ほっと一息つく、マシュー。

ケビン　大丈夫かね、彼は？
ロイ　さあ…。
ケビン　ああいう輩はね、女に苦労するよ、きっと。
ロイ　悪い奴じゃないんです。ま、行きましょう。

部屋を出て行こうとする三人。

マシュー　だからちょっと待てって!!

ケビン　なんなんだね君はさっきから!!　このナイスガイがこんなにも君に気を遣ってるのに!!
マシュー　それはこっちの台詞ですよ、大体あなたがなんなんですか!!
ケビン　なんなんだときたもんだ、なんなんだと！　言うに事欠いて私になんなんだと。
マシュー　素性がわからないから聞いてんですよ、なんなんだってね!!
サマーソン　ちょっと…何か誤解があるかもしれ…
ケビン　ああそうかい！　そうかい！　じゃあね、こっちはね、なんなんなんだ!!
サマーソン　たぶん矛先が違ってます。
ロイ　おい、お前もそんなに怒る事無いじゃないか!!
マシュー　怒るだろ普通。だったらこの人らは誰なんだよ。
ロイ　それは知らないって言ってるだろ!!
マシュー　…それ、おかしいだろ。おかしいだろ!!　なんなんだよ！
ケビン　また出た…!!　君はいい加減にしろよ。
ロイ　そうだよ、この人なんなんなんだって言ってるだろ！　返して来い！
マシュー　意味がわからねえよ!!
サマーソン　確かに…。
ロイ　じゃあ俺は返してやる。なんなんなんなんだってな!!
ケビン　やっぱ違うわ、君は器が違う!!　それに引き換え、おい小粒!!
マシュー　小粒ってあんたに言われたくないよ!!　あんたのほうが小粒だろ!!
ケビン　人がもっとも気にしてることを…許さんぞ!!

マシューにつかみ掛かるケビン。
サマーソンが止める。

サマーソン　止めてください!!　いい加減にしてください!!
マシュー　だったらこの人と帰ってくれ!!
サマーソン　帰ります。私帰りますから!!
ケビン　帰らなくていい!!
サマーソン　いえ、いいんです。帰りますから!!

部屋を出て行こうとするサマーソン。
しかしその時ドアを叩く音がする。

マシュー　あ、待って!!

慌ててドアの前に行くマシュー。

マシュー　帰らないで!!
サマーソン　…でも。

マシュー　いいから、今帰らないで。

ケビン　…君は自分で言ってることがわかってるのか⁉

マシュー　こっちには、こっちの事情があるんだよ。

ケビン　もう我慢ならん。

サマーソン　あ、ちょっと待ってください。何か困ることがあるんですよね。

マシュー　まあ…そう。

サマーソン　なんで……、ここは、ね。

ケビン　…本当に、けしからん奴だな君は。勝手な奴だ。

我慢をするが、怒りの抑まらないケビン。

ロイ　ここは、抑えてください。ね。

ケビン　ありがとう、君に言われるとなんだか抑えようという気になってくるよ。

ロイ　じゃあここは僕の顔に免じて。

ケビン　わかった。

マシュー　で…何であんたらそんなに仲良くなってんの？

ケビン　仲良くなるに決まってるだろ‼　これから兄弟になるんだぞ、私たちは。無論君には関係ない‼

マシュー　だったら外でやってくれよ全く…。

ドアを激しく叩く音がする。

帰ろうとするサマーソン。

マシュー　だけど、今は帰らないで!!

ケビン　……。

ロイは話題を変えるようにケビンに向かい、

ロイ　そうなんですか?

ケビン　何が?

ロイ　だから…兄弟の話。

ケビン　あ、まあ…兄弟と言っても、それはまあ形だけだが、私はね…そこを超えたいと是非思っているんだよ。

ロイ　……。

ケビン　い、嫌かい?

ロイ　いいえ、なんだかわかりませんが…是非ね。

握手をするロイとケビン。

マシュー　何でそんな急に仲良くなるんだよ。

ドアを激しく叩く音がする。

マシュー　ちょっと今は我慢して!!　…もう…え？

あることに気づくマシュー。

マシュー　……今、兄弟って言わなかった？
ケビン　それがどうかしたのか!?
マシュー　え…え…嘘…もしかして…。
ケビン　何だよ!?
サマーソン　…どうかしたんですか？
ロイ　うん、たぶん。
マシュー　ええ!?

奥の部屋から入ってくるエミリーとセシル。

セシル　どうしたのよ騒がしいわね。

エミリーはケビンを見つけ、驚く。

エミリー　兄さん!!
ケビン　妹よ!!
ロイ　だよね…どう考えても…。
マシュー　……。

その場に座り込むマシュー。
エミリーに抱きつくケビン。

ケビン　良かったな、いや良かったな
エミリー　兄さん、どうして…ここに。
ケビン　いや、彼がわざわざね、探してくれたんだ。財力を使ってね。

ロイを促すケビン。
エミリーが見つめると、

ロイ　うん、あっち…。

マシューがいたたまれない顔で座り込んでいる。

エミリー　マシュー。
マシュー　はは…君へのプレゼントになるかなと思って…。

マシューを睨みつけるケビン。

ケビン　飛んだプレゼントだったよ!!　君からはね！
エミリー　これ…どういうこと？
ケビン　しかし、噂には聞いていたが、見事な男だな、彼は。あ、あれだな。人間、富を得ると心が捻じ曲がるっていうの、あれは嘘だ。兄さんには、わかる。やっぱり器なんだ。
エミリー　これ…。
セシル　ま、分かりやすいほど、勘違いってことね。
ロイ　あざーす!!
セシル　あんたも乗らないの。
ケビン　それに引き換え、彼は何だ。友達付合いは考えなさい!!　ああ…良かった、彼じゃなくて。もしあっちだったらどうしようかと思ったぞ。

エミリー　どうしよう…。
セシル　ねえ…。
エミリー　あのね…兄さん違うの…実はこの人が…。
マシュー　ああちょっと待って。

エミリーのもとに、駆け寄るマシュー。
二人は小声で話す。

マシュー　とりあえず、内緒にしておこう。
エミリー　どうして!!
マシュー　僕、知らなかったとはいえ失礼な事たくさん言っちゃったんだ。
エミリー　だから
マシュー　出て行けだとか、何者だとか、小粒だとか…。
エミリー　小粒…兄さんが一番嫌いな言葉よ。
マシュー　そうなの…。
ケビン　あれは、何を話してるんだ。
ロイ　何でしょうね。
ケビン　いいのか、その…妻が他の男と親密に…。
ロイ　まあこれが自然の成り行きです。

ケビン　!!　君の器は、チョモランマだな。

ロイ　あざっす。

マシュー　やっぱり、とりあえず、内緒にしよう。

エミリー　でもおかしいわ。

マシュー　とりあえず、あいつには僕になってもらって、そのあと誤解を一つ一つ解いていきたい。

エミリー　ええ…。

マシュー　今日結婚するんだよ僕らは…！　こんな状態はやっぱりまずいじゃないか。

エミリー　でも…。

セシル　ややこしいことになるだけだと思うけど。妙に打ち解けてるし。

妙に打ち解けているマシューとケビン。

マシュー　くそ…。

セシル　それに、おばあ様のこと、あるんでしょ。

エミリー　一応、彼女にだけ相談したの。頼りになるから。

セシル　まだ信じてないけどね…。

ドアを激しく叩く音がする。

マシュー　っと！　そうだった…。
エミリー　誰？
マシュー　おばあ様。

ロイはおもむろに歩き出し、部屋の鍵を開ける。

ロイ　……。
マシュー　何やってんだよ!!
ロイ　さっき注意されたから…つい。

サマーソンが慌てて、鍵をかける。

サマーソン　やっときました！
マシュー　ありがとう。
セシル　ねえ、あんたちょっとマシューの代わりでいて。
ロイ　え？　何で？
マシュー　頼む。事情は後で話すから。
エミリー　お願い…!!
ケビン　どうしたんだい？

マシュー　頼む。
ロイ　わかった。お兄さんって、呼んでもいいですか⁉
ケビン　そんな嬉しいことを言ってくれるのか？
ロイ　当たり前じゃないですか。
ケビン　ありがとう、でも水臭いこと言うな。おにいでいいよ‼
ロイ　…あの人、ちょっと変わってるよね。
エミリー　ごめん。

ドアを激しく叩く音がする。

エミリー　兄さん、疲れてるでしょうし…部屋、案内するわ。
ケビン　そうか。
ロイ　一緒に行きましょう。な。
エミリー　ええ…。
ケビン　君たちの出逢いの話も聞きたいな、是非。
ロイ　聞かせますよ、おにい。
ケビン　水臭いな。「に」でいいよ。
ロイ　それじゃ誰かわかんないよ…。

談笑しながら、ロイとケビンは奥の部屋へ消えていく。
エミリー、マシューに目配せをしながら後をついていく。

セシル　大変な事になってきたわね…。

マシュー　うん…。

ドアを激しく叩く音がする。

サマーソン　あの…どうします？

顔を合わせるマシューとセシル。

マシュー　いいよ。鍵、開けて。

セシル　大丈夫？

マシュー　とりあえず、今は余計なことを言わないように説得する。

サマーソン　開けます…。

鍵を開けるサマーソン。

マシュー　とりあえず、おばあ様…

そこに飛び込んでくる、ロジャー。

ロジャー　……。
マシュー　ロジャー!!
ロジャー　…鍵を閉められたものの孤独がようやくわかったよ。
マシュー　あ、ごめん!!　…ちょっと入り組んじゃって…
ロジャー　ならいいんだが、てっきり彼の復讐の第一弾じゃないかと冷や冷やしてた。
マシュー　違う違う。
セシル　あなた…電話かけに行ったんじゃなかったの?
ロジャー　そのつもりだったんだが…ちょうど、ここに招待されてる人に会ったものだから…。
マシュー　え…。
ロジャー　あれ…さっきまで…。

部屋の入口を覗き込むロジャー。
その場に、一人の女が入ってくる。
名を、ラトーヤ。
入口に立っているロジャーに向かい、

ラトーヤ　そこ邪魔…。

ロジャー　あ、申し訳ない…。

部屋を見渡すラトーヤ。

ラトーヤ　ここ…か。

周りを気にせず、水槽を見つめるラトーヤ。

マシュー　あの…。

ラトーヤ　これ、綺麗じゃない。思ったより悪いところじゃないのね。

奥の部屋に行こうとするラトーヤ。
マシューがそれを止め、

マシュー　あの…？

ラトーヤ　何？

マシュー　…どなた…ですか？

ラトーヤ　…随分失礼なこと言うのね。私だって来たくて来たんじゃないんだけど。
マシュー　えっと…。
ラトーヤ　ロイは？　来いって言われたから来たんだけど。
マシュー　え？
セシル　ああ!!　言ってたじゃない、ほら彼女来るって…。
マシュー　あ…。
ロジャー　彼女も道に迷ってたんでここまで連れてきたんだ。できるだけスマートに。
ラトーヤ　途中、道間違えてたけどね。
セシル　あなた最近、スマートさのかけらもないわね。
ロジャー　……。
マシュー　彼女も、って？
ロジャー　あ、いやもう一人、いたはずなんだけど…。
ラトーヤ　あなた達が結婚するの？
マシュー　え、あ…。
ラトーヤ　どんな気持ち。一夜で大金持ちになるって…。
セシル　私じゃないわ。私は友人代表。あ…でも…。

考え込むセシル。

ラトーヤ　じゃ、あなた？

サマーソン　いや、僕全然関係ありません。

慌てて首を振るサマーソン。

ラトーヤ　…疲れてるんだけど、休む部屋もないのかしら。

マシュー　いや、あるんだけど…。

ラトーヤ　けど何？

マシュー　今ちょっと立て込んでて…。

ラトーヤ　ちょっと待ってよ。じゃあここで待ってろって事…？

マシュー　いや、そんな事はないんだけど…。

セシルがマシューを摑み、

セシル　ねえ？　まずいわ。

マシュー　どうして？

セシル　今入れ替わってんのよ、二人。そこにあの子が行ったら…。

マシュー　あ、そっか!!　どうしたら…

セシル　普通に考えれば…。

マシュー　え？
ラトーヤ　ちょっと…なんなのよ、これ。
セシル　早く。
マシュー　あの…。
ラトーヤ　何？
マシュー　いきなりで何なんですが、僕と付き合ってください。

驚くラトーヤ。
その場にもう一人の男が入ってくる。
名を、リッキー。
笑顔を振りまきながら、

リッキー　いやいやいや、遅れて申し訳ない!!　いや、緑がいっぱいなもんだから!!
マシュー　あ…。
リッキー　おめでとう、マシュー。いやめでたいね。素晴らしいよ、素晴らしい。
マシュー　あ…ありがとう。
ラトーヤ　どういう意味よ、今の…。
マシュー　わけはまたあとで話すから…。
ラトーヤ　ちょっと…。

マシューに、握手をするリッキー。

リッキー　いやあ、道に迷ってね…そしたら彼女もそうだったみたいで…バッタリ…

ラトーヤ　そうね…。ねえ…。

リッキー　そしたら彼が偶然そこを通りかかって案内してくれたというわけだ。

ロジャー　…はい。

ラトーヤ　ねえ!?

リッキー　え、ひょっとして気づかなかったけど…この子なの!?　この子!?

マシュー　え？　そう…彼女。

ラトーヤ　ちょっと…！

セシル　お願い…ね。

ラトーヤ　どうしてよ？

リッキー　じゃあ何？　今日いっちゃう…いっちゃうの!?

マシュー　うん。結婚するんだ。

ラトーヤ　何でいきなりそこまで発展するのよ!?

セシル　ちょっとこっちきて…。

リッキー　いや、めでたいなぁ。…ナンパしなくてよかった。何…この水槽、綺麗だねぇ。

自分中心に物事を進めるリッキー。
セシルがラトーヤを連れ、事情を話し始める。
わけがわからず首を傾げるロジャー。

ロジャー　あいつはどうして…。

サマーソン　あなたも今は黙っておいたほうがいい。ややこしくなる。

ロジャー　あなた、どなたですか？

サマーソン　それ、もっとややこしいんです…。

リッキー　あ…泳いでる…うわ…すごい。

マシューはごまかすように、

マシュー　珍しい魚なんだよ。

リッキー　そうなの…本当豪華だな。外の景色も空気も…。

マシュー　何もないところだけどね。

リッキー　いや、最高だよ。インスピレーションが湧く。

マシュー　悪かったね…忙しいのに…。

リッキー　何言ってんだよ？　来るに決まってるじゃないか。大事な君の結婚パーティだぞ。それに若干…行き詰まってたし。

マシュー　そっか。

ロジャーが笑顔でリッキーに話しかける。

ロジャー　作品の方は、次はいつ頃なんですか？

リッキー　え？　…知ってんの？

ロジャー　勿論。新進気鋭の作家さんですから。私も読んでますよ。

リッキー　なんか…照れるな。

サマーソン　…そうなんですか？

ロジャー　ええ。ミッキー・エルスタイン、今もっとも勢いのあるミステリ作家だ。

リッキー　…リッキーだけどね。ミッキーだとねずみの方になっちゃうから。

ロジャー　あ。

事情を聞いて驚くラトーヤ。

ラトーヤ　ええ!?　そうなの？

リッキー　そうだよ、ミッキーだとね、ねずみになっちゃうんだよ。

ラトーヤに話しかけるリッキー。

マシューがそれを止め、

マシュー　別に首つっこまなくていもいい。

ラトーヤ　だから私…。

リッキー　いや、違うよ、ミッキーだよ。ねずみになっちゃう…。

マシュー　ああ、大丈夫、お前の話じゃないから。

サマーソン　とりあえず…お二階の方でお休みになられたら、いかがですか?

マシュー　そうだね…そう。君、ナイス。

サマーソン　私いつの間にかこの立場になってますけども…。

リッキー　そうだね、とりあえずじゃあそうしよっかな。

ラトーヤ　私にはちゃんと説明してもらうからね。

リッキー　夕食は何かな?

マシュー　後で知らせに行く。とりあえず、待ってて。

リッキー　あ、実はね…最近、食が細いんだ。だから栄養のある料理の方がいいかなと思ってるんだ。例えば…そうだな、肉とか。

ラトーヤ　素直に肉食べたいって言えよ。

セシル　私が連れて行くわ。しっかり説得しなさい。

マシュー　わかった。

リッキー　それと、ちゃんと読ませてもらうからね。

マシュー　え？
リッキー　何言ってんだよ、アガサの未発表作品。
マシュー　あ、ああ。
リッキー　君のおばあ様の一番のファンは、僕だからね。

セシル、リッキーを連れ、奥の部屋に消えていく。
溜息をつくマシュー。

マシュー　何でこんなドタバタなんだ…。
ラトーヤ　溜息をつきたいのは、こっちなんだけど。
マシュー　ごめん…本当に。少しの時間だけ協力してくれないかな。
ラトーヤ　…ったく。

ラトーヤは何かを思いついたように手を出す。
指でお金のサインを示すラトーヤ。

マシュー　え？
ラトーヤ　いいでしょ、あなた資産家なんだから。もしうまくいったら、後でお小遣いね。
マシュー　…わかった。

ラトーヤ　オッケ。商談成立。
ロジャー　マシュー。彼女達も無事届けたことだし、僕はもう一度電話をかけに行ってくるよ。
マシュー　ごめん、バタバタしちゃってて…実は…。
ロジャー　いいよ、皆まで言わなくていい。全部、わかったから。密かに交際を続けてた彼女が結婚を知って乗り込んできたんだろ。機嫌を取るために、友人の前で彼女と結婚すると言い張る。だが怒る彼女。最後は、金持ち特有の、札束で頬を引っぱたくって寸法だ。
サマーソン　…何処をどういう風に見てるとそんな解釈になるんですか？
ロジャー　マシュー、顧問弁護士としては「相談」に乗ろう。但し親友としての気持ちは「そう…ダウン」だね。
ラトーヤ　うまくもなんともないし…。
ロジャー　鍵はかけないように。では…。

ロジャー、再び部屋を出て行く。

サマーソン　あの人、どっちかって言うと抜けてるタイプですよね。
マシュー　唖然として言葉にならない…。
サマーソン　一応、鍵はかけておきます。さっきの女性が来るかもわかりませんし。
マシュー　ありがとう。

ラトーヤ　で、今日ここに来てるのは誰？　知らないと対応の一つもできないでしょ。

マシュー　えっと…。

サマーソン　整理してみたら、いいんじゃないですか？　あの…またドタバタなるし…。

ラトーヤ　さっきの子はわかった。後はロイ、あなたの本当のフィアンセ。私とあなた。それから…。

サマーソン　お兄様と…弁護士、ですよね。

マシュー　うん。

ラトーヤ　それからあの作家。後は…？

マシュー　執事のパーカー。あと…

サマーソン　さっきの女性ですね。

マシュー　そう…ちょっとややこしいんだけど、親戚の女性みたいなもんなんだ。

ラトーヤ　抑えるところは…？

マシュー　お兄さんぐらいで構わない。ややこしくなるだけだから。折を見て、すぐ本当の事話すし…。

ラトーヤ　それで全部？

マシュー　うん。あと、来る予定はないはずだから。

サマーソン　いや、まだいます…。

マシュー　え、誰？
サマーソン　私…です。
マシュー　そう言えば…あなた、誰ですか？
サマーソン　あ、私…。

ドアを叩く音がする。

サマーソン　あの、私…。
マシュー　ちょっと後にしよう…。
サマーソン　言わせてください…そんな引っ張るほどたいした奴じゃないんです。

扉の奥から声が聞こえる。

ロジャー　私だよ！　何で、鍵をかけるんだ!!
サマーソン　ああ。

鍵を開けるサマーソン。
ロジャーが入ってくる。

ロジャー　復讐か…悪口を言った私への復讐か？
マシュー　いや、違うんだ。

その隙に入ってくるアガサ。

アガサ　本当、ドタバタうるさいのよね。
マシュー　おば…！
アガサ　パーカーからクッキーを頂いたからね。
ラトーヤ　誰この子？
マシュー　あ、親戚みたいなもん…さっき話した。
ラトーヤ　へえ…。
マシュー　この子の、祖母。
ラトーヤ　え？
マシュー　ううん、なんでもない。
アガサ　みんなが揃ったら呼んで。私から話すことあるから。

マシューはアガサを引っ張り、小声で話す。

マシュー　何を話すんですか？

アガサ　それは後でのお楽しみだよ。みんなにも教えてあげたいし、あの…不思議な魚を…。
マシュー　ただでさえ今ややこしいのに、混乱させてどうするんですか？
アガサ　信じてないの？　私がここにいるのが何よりの証拠じゃないか。
ラトーヤ　何の話。
マシュー　あ、いや…。
サマーソン　実は私はですね…。
マシュー　後でいいから。
ロジャー　マシュー。…その子も札束で引っぱたくのか？
マシュー　うるさいよ。何で戻ってきたんだよ、電話かけるんじゃなかったのか？
ロジャー　そう思っていたが…またお客さんがいたから。
マシュー　もういないよ…呼んでない!!

一人の女が入ってくる。

リリィ　……。
マシュー　え…？

女の名は、リリィ。
リリィを見て驚くマシュー。

マシュー　どうして…君が…。
リリィ　…久しぶりね。おめでとう。
マシュー　あ、うん…。
アガサ　…誰なの、この子は？

ロイと、エミリーが奥の部屋から入ってくる。

ロイ　おお、大丈夫か？
ラトーヤ　ロイ！
ロイ　あ、着いた？　ごめんな、変なことに巻き込んで…。
ラトーヤ　全くよ…。
エミリー　ごめんなさい。
ロイ　お、君も着いたんだ。

ロイに静かに頭を下げるリリィ。

マシュー　どういうこと？
ロイ　偶然、会ったんだこの前。だから知らせておいたんだよ。

マシュー　…何で？
ロイ　ん、なんとなく…。
ラトーヤ　っていうか意味深だけど…誰？
マシュー　その…。
サマーソン　私より先に紹介するんですか？　何分前からいると思ってるんですか？
ラトーヤ　おじさん、黙って。
リリィ　来ないほうが良かった、かな？
マシュー　あ、いや…そんなことないけど…。
アガサ　マシュー、この子は誰なの？
マシュー　だから…。
ロイ　隠したってしょうがないだろ。マシューの元恋人。こいつが四年前に振られた。
マシュー　…うん。

顔を見合わせるマシューとエミリー。

サマーソン　で、私が…

舞台ゆっくりと暗くなっていく。
サマーソンの叫びと共に、暗転。

ACT 3

雨の音が暗闇の中、響き始める。

場面は夜に変わっていく。

明るくなると、部屋の中にはパーカーとエミリーが座っている。

エミリー　それじゃ…本当なの？

パーカー　私も…信じられませんでしたが…言われてみれば面影も、そっくりなんです。私が子供の頃、お会いしたアガサ様に。

エミリー　…。

パーカー　もちろんその時も、もっとお年を召してはいらしたんですが…驚きました。

エミリー　…やっぱり…信じられない。

パーカー　マシュー様は？

エミリー　あ、今ちょっと…私の兄が来てるものだから…それに…。

パーカー　どうか…なさいましたか？

エミリー　あ、うぅん…。

ケビンとロイが、仲良さそうに部屋に入ってくる。

ケビン　しかし…上等な酒だったね。
ロイ　いえいえ…。
ケビン　流石に金持ちは違う。あ、この言い方は失礼だったかな？
ロイ　あ、いえ全然。まだね、ガンガンありますよ。なんていったって遺産がボーンですよ。
ケビン　言うね、はっきり言っちゃう器だね。
エミリー　兄さん。
ケビン　おう、どうした妹よ？
エミリー　あんまり恥ずかしい事をしないで。
ケビン　何言ってんだ、ちゃんと挨拶をしてるんだよ、可愛い妹をもらってくれる婿殿に。
エミリー　いいから…。
ケビン　はいはい、じゃ、そういうことで。
エミリー　ちょっと、何処行くのよ？
ケビン　散歩。酔い覚ましにな…。
エミリー　散歩って外雨よ。これから嵐になるかもしれないんだから。
ケビン　大丈夫大丈夫、結婚のサインの時に赤ら顔じゃ恥かかせるからな。

ケビンはパーカーを見つめると、

ケビン　お、ひょろ長いね。ほいじゃ。
パーカー　……。

ケビン、部屋を後にする。

エミリー　もう…あんまり仲良くしないでよ。
ロイ　悪い人じゃないね。君の兄さん。
エミリー　何処がよ、しょっちゅう商売変えてる放蕩ものよ。
ロイ　あ、さっき聞いたよ、今、ゾウを売ってるらしいんだな。
エミリー　ゾウって何の像よ。どうせ偽者でしょ？
ロイ　いや、本物らしいよ。
エミリー　だから何の像よ？
ロイ　いや、何のじゃなくて、象。パオーンの。インドから輸入してるんだって。特別なルートが見つかったって…。
エミリー　何やってんのよあの人は…。
ロイ　パーカー、パーティはもうすぐ始める？
パーカー　あ、はい…。

ロイ　それじゃ、本命の彼女にサービスでもしますかね。勿論、ばれないように。
エミリー　それと…。
ロイ　何？
エミリー　何で呼んだりしたのよ？　…マシューの。
ロイ　ああ…彼女ね。
エミリー　…嫌がらせ？
ロイ　違うよ、本当に偶然会ったんだ。折角だからと思って。面白い事になりそうだし…。
エミリー　何処がよ…。
ロイ　変に嫉妬したりするなよ。もう子供じゃないんだし、振られたのはあいつなんだから。
エミリー　当たり前でしょ。しないわよ。
ロイ　心配しなくても、あいつは死ぬほどおまえを愛してるね。ちょっと怖いくらい。

　笑うロイ。
　そこにマシューが入ってくる。

マシュー　あ…。
ロイ　噂をすればだね。じゃ、あとよろしく。パーカー。
パーカー　あ、はい。

ロイはパーカーを見ると、

ロイ　ひょろ長いねー。
パーカー　……。

部屋の奥に消えていくロイ。

マシュー　あ、何の話、してたの？
エミリー　兄さんと、あんまり仲良くしないでって。当人は、散歩に行っちゃったわ。
マシュー　大変だね、雨…大丈夫？
エミリー　ほっときゃいいのよ、あんな兄貴。
マシュー　全然似てないから、びっくりしちゃったよ…。
エミリー　ねえ、言ってたプレゼントって…兄さんの事？
マシュー　あ、うん。
エミリー　優しいのね。
マシュー　最後の最後でどじっちゃったけど…。
エミリー　でも…嬉しかったわ…本当に、ありがとう。
マシュー　うん。…あのさ…。
エミリー　何？

マシュー　リリィのこと…あ、彼女の事…本当に偶然なんだ。ロイの奴が…。

エミリー　わかってる。大丈夫よ。

マシュー　…良かった。

エミリー　でも、私たちの結婚に関しては最後でどじらないでね。

マシュー　勿論。君もね。

エミリー　うん。

パーカー　あの…。

エミリー　あ、ごめんね…もう行っていいわ。

パーカー　いや、実は…報告しなければならない事があるのです…。

マシュー　何…。

パーカー　幸せな日の悪戯ですので…お見せするかどうかも迷ったんですが…。

マシュー　何…どうしたの？

パーカー　これを…。

一枚の招待状を、懐から出すパーカー。

マシューは手に取る。

驚くマシュー。

マシュー　『幸せのサインを始めた瞬間、一人ずついなくなる…。アガサが書いたであろう物語のように…続ければ…誰もいなくなる。これは、1通目の招待状』

エミリー　何よこれ…。

マシュー　……冗談じゃない。

招待状をくしゃくしゃにするマシュー。

パーカー　申し訳ございません。

マシュー　何処にあったの？

パーカー　はい…先ほど、ポストに入れてありました。

マシュー　いつごろ？

パーカー　詳しい時間は…わかりません。朝の時点では、ありませんでした。普段この屋敷は使われておりませんので…確認はちゃんとしました。

エミリー　マシュー…。

パーカー　警察に連絡したほうがよろしいですか？

マシュー　いいよ、たちの悪い冗談に決まってる！　誰だよ…。

エミリー　何か嫌ね…一人ずつなんて…。

マシューの手を握るエミリー。

ドアを開く大きな音。

ドアの隙間から、嵐の音が響く。
驚くエミリーはマシューに寄り添う。
入ってきたのはケビンである。

ケビン　いやぁ…無理無理、嵐だもん!!　こりゃ、無理だ!

マシュー　お兄さんか…。

エミリー　びっくりさせないでよ…もう。

ケビン　ごめんごめんって…何をやっとるんだ君たちは!!

マシュー　え…あ!!

慌てて離れる二人。

マシュー　これは…その…。

エミリー　違うのよ。

ケビン　貴様…何か恨みでもあるのか…え…あるのか!?

マシュー　誤解なんです。誤解…!!　なあ。

突然に振られ、慌てて誤魔化すパーカー。

パーカー　えっとそうです…胸板を…測っていたんです。胸板自慢の方ですから。

マシュー　ええ⁉　そうそう…ほら…。

エミリー　ねえ、これ。ほら、兄さん、これ。

ケビン　何で胸板を測ったりする…。

マシューの胸板を触るケビン。

ケビン　あれ…こりゃたいしたもんだな。君、これはたいしたもんだよ。

マシュー　ありがとうございます…。

ケビン　婿殿は若干器がでかいが…胸板はないからな。しっかり頑張ってもらえよ。

エミリー　はい…。

ケビン　君も、胸板はいいが誤解されることのないように。うまいこと言っちゃったね。

エミリー　言ってないわよ。

ケビン　結構…結構…。

エミリー　本当、気持ちがいいくらい馬鹿でしょ。

ケビン　何？

エミリー　いえ…。

そこにリッキーが入ってくる。

リッキー　あ、いたいた。
ケビン　おお、君もいい胸板してるね。
リッキー　ええ？　そうですか、国産ですけど。
ケビン　そうか、国産か。ってどういう意味だよ。おお、ボインボインだね。
エミリー　全くもってよくわからないわね。
ケビン　結構結構。あ、君…。
パーカー　あ、はい。
ケビン　ひょろ長いねー。

ケビンは陽気に部屋の奥に消えていく。
マシューは溜息をつくと、エミリーに向かって、リッキーを紹介する。

マシュー　ああ、作家のリッキー。
エミリー　ああ、あなたが。
リッキー　決してねずみの方じゃないよ。
エミリー　知ってます。有名ですものね。
リッキー　いやあ、そんなことは…。あ。ねえ。特に僕が気にしてるわけじゃなくて、みんなの事を考えてなんだけど…パーティはまだかな？

マシュー　あ、ごめん。

リッキー　これも決して僕じゃなくてみんなのことを思っての事なんだけど、遅れるなら夕食だけでも、構わないんじゃないかな。

マシュー　すぐやるよ。肉料理を用意するから。

リッキー　そう…まあ、肉がいいよね。みんなの場合。

パーカー　マシュー様…よろしいんですか？

マシュー　大丈夫だよ。

エミリー　でも…。

マシュー　こういう質の悪いものには絶対、引っかからない。なんなら、すぐにでもサインしようじゃないか。

エミリー　マシュー。

マシュー　一人ずついなくなるなら、やってみろってね。大丈夫だよ。

エミリー　うん。

マシュー　パーカー、頼むね。

パーカー　かしこまりました。

リッキー　何か、あったの？

パーカー　あ、いえ…。

パーカー、その場を離れようとする。

リッキー　ねえ君。
パーカー　はい。
リッキー　ひょろ長いね。
パーカー　…。

部屋を出ていくパーカー。

リッキー　あ、そうだ。君に渡したいものがあるんだよ。
マシュー　何?
リッキー　それはね、サインをしてからのお楽しみ。ま、プレゼントってほどのものじゃないから、あんま気にしないでね。
マシュー　わかった。じゃ、部屋でもう少しだけ待っててよね。行こう。
エミリー　今日はありがとう。
リッキー　え…あれ…?
マシュー　どうしたの?
リッキー　あ、いや…。

マシューとエミリーが部屋の奥へ行こうとした瞬間、その場にアガサが入ってくる。

アガサ　…。
エミリー　おば…!!
マシュー　何をちょろちょろしてるんですか？
アガサ　お腹が空いたんだよ。
マシュー　さっき食べたじゃないですか？
アガサ　クッキーしか食べてないもの。
リッキー　奇遇だな。僕もね、そんな風にお腹が空く人が出てくるんじゃないかと思って、降りて
来たところだったんですよ。
アガサ　…そう。あ、読んだわよ。
リッキー　え、本当ですか？
アガサ　中々ね。ただ…書き出しが甘い。物語は冒頭よ。さりげなく、それで大胆じゃなきゃ。
リッキー　参考になります。
エミリー　ちょっと…どういうことですか？
アガサ　どういうことって？
エミリー　どうして、彼の本を…。
リッキー　どうしてって…アガサさんでしょ。
マシュー　は？
リッキー　アガサ・クリスティさんでしょ。

マシュー　何をやってるんですか⁉
アガサ　この子、作家さんだから。
リッキー　信じられないけど、本物だって言うからさ。駄目出しも的確だし…。
マシュー　そんなわけないだろ。偽者だよ‼
アガサ　またそんな事を言って…
エミリー　パーカー！

パーカーが部屋に戻ってくる。

パーカー　どうか、されましたか？
エミリー　この人に、クッキーを。
パーカー　あ、かしこまりました。
リッキー　そう、悪いなぁ…。

リッキーはパーカーに連れられ、部屋を出ていく。

マシュー　いいですか⁉　おばあ様だということは、ここでは内緒にしてください。
アガサ　どうして…？
エミリー　誰も信用しないわ。

アガサ　ちょっと話せば次第にわかるようになるわよ。
マシュー　僕たちの大事な日なんです。お願いだから、言うことを聞いてください。
アガサ　だから、来たんだけどね。
マシュー　…あなたが親戚であると言ってくれるなら…これ以上僕らも邪魔したりしません。だからお願いします。
エミリー　おばあ様…。

アガサは一つ溜息をつき、

アガサ　わかったよ。私もこの屋敷を自由に歩き周りたいからね。
マシュー　…ありがとうございます。あ、それと…この悪戯も…おばあ様じゃないでしょうね？
アガサ　何の話だよ？　私は何も悪戯なんかしないさ。
マシュー　だって招待状…
エミリー　マシュー、それは失礼よ。いくらなんでも…。
マシュー　…あ…そっか。ごめんなさい。
アガサ　だから何の話だよ。招待状って？
マシュー　いいえ、もういいんです。僕ら用意があるんで。くれぐれもお願いしますね。

マシューは招待状を丸め、近くのゴミ箱に捨てる。

アガサ　あんたらも、早く魚の名前を見つけるんだよ。

エミリー　…。

アガサ　大切な過去を振り返れるんだから。

エミリー　…はい。

マシュー　行こう。

エミリー、マシューは部屋の奥へ消えていく。
アガサ以外、誰もいない部屋。
静寂だけがその場を支配する。
ふと、アガサはゴミ箱の招待状を手に取り、読み始める。

アガサ　『幸せのサインを始めた瞬間、一人ずついなくなる…。アガサが書いたであろう物語のように…続ければ…誰もいなくなる。これは、1通目の招待状…』

舞台ゆっくりと暗くなっていく。

★

場面明るくなると、マシュー以外の全員がその場にいる。
その中で光を浴びている男、ロジャーである。

ロジャーは緊張しながら、

ロジャー　え…それでは…乾杯!!

全員　乾杯。

団欒の一時が始まる。

それぞれが談笑をしている中、ロジャーが皆を呼び止める。

ロジャー　ええ皆さん聞いてください…執事のパーカーさんから、皆さんへ一言ご挨拶があるそうです。

ケビン　よっひょろなが!!

パーカー　…そこまで、大した事ではないのですが、ご夕食は婚礼のサインの後、お持ちいたします。それまではしばし、ご歓談をお楽しみください。

ロジャー　だ、そうです。

皆の拍手が起きる。

ラトーヤ　勿体ぶっちゃってね…全部一緒にやっちゃえばいいのに。

サマーソン　ええ…そして何で私、ここまで残ってるんだろう。

リッキー　それで、大丈夫なのかな？　先のがいいと思うんだけど…あくまでみんなのためになんだけどね…。の方が…。

ラトーヤ　お前が食いたいだけだろ。

リッキー　え、いや…。

ラトーヤ　で、結局あなた誰なの…？

サマーソン　私、実は…。

リリィ　ここ、よろしいかしら。

ラトーヤ　別に構わないわ。

サマーソン　あの、お願いだから言わせてください、本当引っ張る器じゃないんです。

ラトーヤ　黙って。あなた…元彼女なんだよね。

リリィ　え…あ、一応…。

ラトーヤ　じゃ、今はライバル～。

リリィ　どういう意味？

ラトーヤ　あ、こっちの話。

セシル　あら、お色直しはしないのね。

エミリー　まだなんにもやってないもの。するほうがおかしいでしょ。

セシル　まあそうね。で、主役さんは？

エミリー　ロイに頼み事してるの。なるべく株をあげといてくれって…。

セシル　ああ…。

エミリー　あなたも、手伝ってあげて。

　——突然、雷が鳴り響く。
　雨の音が強くなる。

ロジャー　すごい…雨だねぇ…。
パーカー　予報では、嵐になるようです。
ケビン　そう、そのぶん盛り上げないとね。ねえ、早くサインしちゃいなよ。早く。
ロイ　あ…もうちょっとしてから…でね、あいつの事なんですけど…
ケビン　ああ、あの胸板。
ロイ　結構いいとこあるんですよ。もう本当。
ケビン　そう、で…サインしちゃいなよ。
ロイ　…。
セシル　苦戦中ね。
ロイ　まあな。
アガサ　…。

　アガサは一生懸命に原稿を読んでいる。
　近づくサマーソン。

サマーソン　あの…。

アガサ　何？

サマーソン　私が誰だか…聞いて頂けますか？

アガサ　今無理。これから私の大事な作品、読まれるんだから、チェックしないと。

サマーソン　…自分が怖いんです。聞いた後、みんなにひかれる自分が…。

　　エミリーに近づくラトーヤ。

ラトーヤ　ねえ…私の彼氏は？

エミリー　あ…もう来ると思うわ。変なこと頼んじゃってごめんなさい。

ラトーヤ　別に。たっぷりお礼してもらうから。財布の紐、緩めといてよね。

エミリー　はい。

ラトーヤ　あれが兄貴…？

エミリー　うん。今苦戦中…。

ラトーヤ　駄目よきっと…ああいうのロイ、下手だから。

エミリー　みたいね。

ラトーヤ　…普段はずるがしこい嘘つきなんだけどね。

エミリー　随分ね。

ラトーヤ　挨拶に行っといたほうがいいと思うけど。
エミリー　何が？
ラトーヤ　彼女。

リリィを目線で促すラトーヤ。

ラトーヤ　知り合いもいないみたいだし、あの子には、本当の事言っといたほうがいいんじゃない？
エミリー　そうね。

ロイとセシル、そしてケビンが話している。

ロイ　で、ですね…そんな事があったんですよ。
セシル　いい奴だと思いません？
ケビン　そっか…で、早くしちゃいなよ。サイン。サイン、コサイン、タンジェント。
セシル　聞く気ゼロね。

ロジャーに話しかけるサマーソン。
リッキーとアガサも話している。

サマーソン　あの…。
ロジャー　ごめん、ちょっと…。
リッキー　私にも早く読ませてくださいよ。
アガサ　サインが終わったらたっぷりとね…。

リリィに話しかけるエミリー。

エミリー　あの…。
リリィ　はい。
エミリー　今日はありがとうございます。
リリィ　えっと…。
エミリー　私なんです…。マシューの婚約者。
リリィ　え？
エミリー　ちょっと行き違いがあっちゃって…。
リリィ　あ…だからさっき彼女…そうだったんですか。
エミリー　折角来たんだから、楽しんでってくださいね。
ロジャー　やあ。あなたも、札束で頬を引っぱたかれた口ですか？
リリィ　は？

サマーソン　あの!!　皆さん!!

サマーソンが全員を呼び止め、

ケビン　…どうした?　親友君…。

サマーソン　どうしても、聞いて欲しいことがあるんです。実は私は…!!

大きな雷が鳴り響く。

舞台、突然の暗闇になる。

騒ぎ出す全員。

エミリー　きゃあっ!!

ロジャー　停電か…!!

セシル　ちょっと…!!

サマーソン　何で…何でだ!!

リッキー　何か……ないんですか!?

舞台、ふらっと明るくなる。

ほっとする全員。

マシューが部屋の奥から駆け込んでくる。

マシュー　大丈夫？
エミリー　なんともなかったみたいだけど…。
ロジャー　一応、ろうそくとかを用意したほうがいいのかもしれないね。
マシュー　そうだね。パーカー。
パーカー　わかりました。

パーカーは部屋の外に出ていく。

エミリー　あ、出てきちゃって…大丈夫。まだ、全然よ。
マシュー　あ、つい…。
ケビン　おお胸板。遅いじゃないか…。
ロイ　ごめん、無理だった…。
ケビン　こっちへ来なさい。今ね、みんなで胸板の話をしていたところなんだ。
マシュー　はあ…。
ケビン　君はいい友達を持ったな、正確に言えば、私の義弟だが…。感謝するんだよ、彼は大した玉だ。
マシュー　…。

ロイ　すまん…。

マシュー　あ、お兄さん…象を売ってらしたんですよね。

ケビン　え？　ああ…。

マシュー　聞きました。すごい発見ですよね、たいした商才だ。見習います。

ケビン　…その話はしなくていいよ。

マシュー　いいじゃないですか！　今度は、すごい儲けてるんじゃないですか？

ケビン　その話はしたくない。するな。

マシュー　え…え…どうして？　だって特別なルートを自分で発見したんですよね？

ケビン　そうだよ。

マシュー　じゃあすごい儲けじゃないですか？

ケビン　だけど運ぶルートが発見できずに、みんな海の上で死んじゃったよ大損だよ!!

マシュー　あ……。

ラトーヤ　ねえ!!　何これ？

ラトーヤはふと、テーブルの上にいつの間にか置いてあった招待状を手にする。
開けて読むラトーヤ。

ラトーヤ　『全部で5通のメッセージ…全てが揃えばいなくなる。…サインが全ての始まり…暗闇が最後の警告。これは2通目の招待状』

ロジャー　何だそれ…？
ラトーヤ　どういうこと？
ロイ　サインって婚姻のサインか…？　面白いね。
エミリー　マシュー!!

驚くエミリー。
マシューはラトーヤから招待状を奪い取り、

マシュー　誰だ!!　こんなの置いたの…!!　誰だよ!!
ロジャー　おい…マシュー、何でそんなに怒る？
ロイ　ただの悪戯だろ？
ケビン　親友君、君か!?
サマーソン　いや、私違います!!　全然!!
リッキー　面白い、構図だよね。ぱくっちゃうぞ。
ラトーヤ　売れないわよ、それじゃ。

笑う全員。
だがマシューとエミリーだけ、笑ってはいない。
アガサがそれを見つめている。

エミリー　マシュー…。

マシュー　いいよ、もうサインをしよう。ロジャー、書類を…。

ロジャー　え？　わかった…!!

慌てて書類を取り出すロジャー。
ソファーに置く。

ロイ　おいおい、早急だな。

ケビン　なあ…でもいいんじゃないか!!　男はスパッとだ。

全員が見守る中、マシューは婚姻届にサインを始める。

ロジャー　おめでとう。

セシル　ついにね。

リリィ　おめでとうマシュー。

ケビン　おめでとう。あれ…何で彼がサインしてんの？

ロイ　いいから。飲ませて。

サマーソン　あ…乾杯。

ケビン　乾杯。
マシュー　君も…。

　エミリーに婚姻届を渡し、サインを促すマシュー。

エミリー　でも…。
マシュー　いいから…邪魔されたくない。
ラトーヤ　あら、もう私いらなくなっちゃったの⁉
ロイ　いいだろ、別に。
リッキー　あれ、何で…？
エミリー　マシュー…。
マシュー　僕を信じて…ね。
エミリー　…。

　意を決してエミリーは頷き、ペンを取る。
　アガサがふと、口を開く。

アガサ　いいのかい？　本当に？
マシュー　…。

エミリー　はい…。

　　サインをするエミリー。
　　全員の拍手。
　　口々におめでとうと叫んでいる。
　　安堵するエミリーとマシュー。

マシュー　ほっとした。
エミリー　うん。
ロジャー　めでたい日になったね。
マシュー　ありがとう。
ケビン　いやあ、何で彼なんだろう。
ロイ　いいから、飲んで。
サマーソン　乾杯…。
セシル　さあ、乾杯しましょう。
ラトーヤ　さ、やっとあんたの大好きな夕食が食べれるわよ。
リッキー　そうだね。あ、マシュー!!
マシュー　何？
リッキー　いやあ嬉しい。最高に嬉しいよ。で俺から、これ。

リッキーは一通の大きな封筒を出して、マシューに渡す。
嫌な予感がするマシュー。

マシュー　…何これ？
リッキー　それが俺にもよくわからないんだけど、自宅に届いてたんだよ。一通は俺宛で、一通はそれ。
マシュー　何で君に？
リッキー　わからないけど…読んだんだ。そしたら、マシューの婚礼サインが終わったら、本人に渡してくれってさ。彼へのサプライズだって。
マシュー　誰から？
リッキー　差出人は、友人一同って書いてあったよ。
マシュー　…。

マシューは急いで封筒を開ける。
中から出てくるのは、新しい招待状である。
エミリーは不安げに、

エミリー　マシュー…。

マシューは招待状の中身を読んで固まってしまう。
震えたまま、動かないマシュー。
見かねたロイがそれを手に取り、読み始める。

ロイ　『警告を無視した瞬間から、無くし始める…大事な大事な何かを無くす。そして一人がいなくなる…これは3通目の招待状』

セシル　ちょっと…何よこれ…。

静寂がその場を包んでいる。

ケビン　君、どういうつもりだ？

リッキー　いや、僕は本当に…本当です!!

ラトーヤ　誰か知らないけど、冗談にも程があるんじゃない。

リリィ　マシュー…。

マシュー　誰だ…誰だ…!?

アガサ　ない!!

アガサが突然に叫びだす。

驚く全員。

アガサ　ない…原稿がないわ…私の…!!

サマーソン　ええ!?

アガサ　そこに置いといたはずなのに…。

全員がアガサに注目する。

マシュー　どういう事ですか…?

ケビン　勘違いって事はないの?

アガサ　確かに置いたんだ。冗談じゃないよ、ねえ?

サマーソン　はい…確かに…ありました…。

アガサ　マシュー、本当にないんだよ。

頷くマシュー。

アガサを落ち着かせながら、

マシュー　皆さん、原稿…知りませんか?

ラトーヤ　何よそれ…じゃあ私たちの誰かが盗んだって言いたいわけ?

ロジャー　別にそんな風には誰も言ってないじゃないか。
セシル　でも普通に考えて、ここの人間以外はありえないわよね。
リッキー　ちょっと言いますけど、僕じゃないですよ!!
エミリー　やめてよ…。
セシル　いや、冷静に言ってるだけよ、出たり入ったりした人間なんていないもの。
ラトーヤ　ほらやっぱりそうじゃない…。
ロイ　もういい、やめておけ。マシュー。
マシュー　…皆さん、悪い冗談はやめましょう。もういい加減に…。
リリィ　…これ…さっきの…

招待状を手に取るロジャー。

ロジャー　『警告を無視した瞬間から、無くし始める…大事な大事な何かを無くす。そして一人がいなくなる…これは3通目の招待状』
リッキー　ちょっと…本当に僕は関係ないですよ!!　僕は送られてきたから…。
エミリー　大事な何かって…。
セシル　原稿よ、決まってるじゃない。
ロイ　だけどね…。
アガサ　…実際になくなってる。…私の目の前で…。

ケビン　冗談にしては少し…たちが悪いな…。

ラトーヤ　だったら、今この場で…調べればいいじゃない。こっから、誰も出てないわけでしょ。
泥棒だと疑うんなら調べなよ。

全員が沈黙している。

ロイ　マシュー、お前がやりたいんならやれ…。その方がすっきりする。

マシュー　僕は…。

サマーソン　あの……。

ケビン　どうした?

サマーソン　一応、言っておこうと思うんですけど…。

ロイ　何だよ?

サマーソン　…こっから出て行った人…いると思うんですけど…。

エミリー　え?

サマーソン　あの…停電の後…執事の方が…

エミリー　パーカー…!!

ロジャー　そうだ!!

マシュー　何か知ってるかもしれない…パーカー!!　パーカーー!!

――その瞬間、またも突然の停電。
不安げに騒ぎ出す全員。

リリィ　きゃあっ!!
ラトーヤ　もう何なのよこれ!!
サマーソン　うわあっ!!
ケビン　騒ぐんじゃない!!　混乱するだけだ!!
エミリー　マシュー!!
マシュー　大丈夫だから!!　何か明かりは!!
セシル　さっきパーカーが!!
ロジャー　あった!!　ありました!!

暗闇の中から、ろうそくを見つけるロジャー。

リッキー　早くつけてください!!

ロジャーはろうそくに火をつける。
舞台、薄明かりが広がる。

リリィ　…良かった…。
アガサ　どうしてろうそくが…？
ロジャー　たぶん、パーカーが持ってきて…
マシュー　いるの…？　パーカー？　パーカー？

だがその場所に、パーカーの返事はない。

マシュー　パーカー？
セシル　いない…みたいね。
ロジャー　私…呼んできます！

ロジャーが行こうとした瞬間、足元に「何か」が当たる。

ロジャー　あれ…うわあああっ!!

「何か」を見つけ、叫びだすロジャー。
驚く全員。
エミリーは必死に、

エミリー　どうしたの⁉　ねえ…どうしたの⁉

ロジャー　あ…あの…

――暗闇の中。

マシューはロジャーに近づき、その「何か」を見つめる。

マシュー　…嘘…だろ…。

ロジャー　あの…パーカーが…死んで…ます…。

雨の音が響いている。

それは段々と、強くなっていく。

大きな雷鳴が鳴り響く中、舞台早急に暗転していく。

135 ONLY SILVER FISH

ACT 4

舞台は雨の音が続いている。
ソファーには、ロイ・セシル・ラトーヤ、少し離れてサマーソンが座っている。
誰も何も語らず、動こうとしない。
ロイがゆっくりとラトーヤに声をかける。

ロイ　…変なとこ呼んじゃって、悪かったな。
ラトーヤ　……。
ロイ　おい…。
セシル　やめてよ…今そういうの…見たくないから。
サマーソン　…あの、警察には…？
ロイ　今、ロジャーが電話しに行ってる。
サマーソン　…遅い…ですね。
セシル　２マイル先にしか電話がないのよ。しばらく…かかるわ。
サマーソン　そうですか…。

ロイ　…どうしてこんな事になった…。

サマーソン　私なんて…特にそう思ってます…。

ラトーヤ　今冗談なんてやめてよ…。

サマーソン　あ、決してそんなつもりじゃ…。

ラトーヤ　調べましょう…それがいいわ。

ロイ　…そんなわけにいくか…あいつの結婚パーティだぞ。

ラトーヤ　本気で言ってるの⁉　人が死んでんのよ‼　体裁なんかどうでもいいじゃない。

ロイ　別にそういうわけじゃない。

ラトーヤ　だったらさっさと調べて！　どう考えてもこの中にいるのよ、この中に‼

ロイ　馬鹿なことを言うな‼

セシル　馬鹿なことじゃないわ…それは、本当よ。

ドアの開く音。

驚く四人。

ロジャーが入ってくる。

ロジャー　…。

ロイ　ロジャー…。

セシル　早かったのね…。

ロジャー　みんなは…？

セシル　エミリーには、お兄さんがついてるわ。女の人にも、できるだけ二階にあがってもらった…。なんとなく部屋に戻りたくなかった人だけ、ここにいるの…。

ロジャー　そっか…。

ロイ　パーカーは？

ロジャー　マシューとリッキーでパーカーの部屋に運んでる。

ロイ　…あのさ、どうやって…っていうか…俺らちゃんと見てなかったから…。

ロジャー　後ろからナイフで…二箇所刺されてた…刺された後…歩いてここまで来たみたいだ。

下を向くロジャー。

ロジャー　言いたくないんだけど…残念な報告が二つある。

ラトーヤ　…何よ？

ロジャー　マシューたちには伝えた。君らも、ちゃんと聞いてほしい。

ラトーヤ　…早く答えて…。

ロジャー　豪雨のせいで、１マイル先の橋が完全に落ちてた…向こうには、渡れない…電話もできない…。

サマーソン　…そんな…。

セシル　もう一つは…何？

ロジャーはビニール袋に入れられた封筒を出す。

ロイ　まさか…。

封筒を開けると中から招待状が現れる。

ロジャー　橋の手前に置いてあった。濡れないようにビニールに入れまでして…。

ラトーヤ　…冗談じゃないわよ。

ロジャー　みんなを集めよう。もう…悪戯じゃ済まされない。

舞台ゆっくりと雨の音が鳴る。

★

舞台上に全員が集まっていく。

リリィ　…じゃあ警察には伝えられないの？

ロジャー　少なくとも…この雨が落ち着くまでは…。

全員の沈黙。

アガサ　あんた達…黙っててもしょうがないよ。

エミリー　でも…。

アガサ　はっきりと挑戦されてるんだ。それを送りつけてる奴に。この中にいる誰かに…。

ケビン　まだ決まったわけじゃないだろ。

アガサ　決まってるさ。橋が落ちている以上、逃げられやしないんだ。それならここにいるしかないんだよ。

ケビン　確かに…。

ラトーヤ　…そうよ。絶対、許さない。

ロイ　マシュー、どうする？

マシュー　…読んでくれ。

ロジャーは招待状を開き、読み始める。

ロジャー　『…全員が不安を抱きながら、サインを後悔し始める。手始めに、この場にいないもの…。そして二人がいなくなる。後悔の念が渦巻き始め、そして主がいなくなる。一人目と同じ暗闇の中で…4通目の招待状』

ケビン　この場にいないって…。

エミリー　みんな、いるわよね…いるわよね。

サマーソン　います。ちゃんと。

　　それぞれ見渡す全員。
　　だがふと気づけば、リッキーはいない。

マシュー　リッキー…リッキーは…⁉

ロイ　おいどうした⁉

ロジャー　え⁉　彼は…橋の他にも渡れる場所はないかって…さっき、見てくるって…。

マシュー　じゃあ外に⁉

ロジャー　ああ…‼

ロイ　俺が行く…‼

ラトーヤ　ロイ‼

　　ロイは部屋を飛び出していく。
　　ロジャーもそれを追うように部屋を出ていく。

マシュー　俺も行ってくる‼

ケビン　いや、君はいい。私が行こう。

マシュー　でも…

ケビン　エミリーのそばに…それから、みんなも。
エミリー　兄さん。

ケビンは部屋を出ていく。

セシル　どうしよう…。
マシュー　とりあえず…三人は二階で一つの部屋に入って…安全の為に…。君、そのドアの前にいてくれる？
サマーソン　え、あ、はい!!
セシル　待って…この人が安全だという保障はないわ。
サマーソン　え…!!　私、違います!!
マシュー　なら、ドアに鍵をかけてください。あくまで、安全の為です。
サマーソン　わかりました。
マシュー　三人、いれば何も起こらない…急いで。
サマーソン　…行きましょう。

サマーソンに連れられ、セシル・ラトーヤ・リリィは部屋の奥に消えていく。

エミリー　私はあなたと一緒にいるわ。

マシュー　うん。おばあ様も…彼女たちと一緒に…

アガサ　私はここにいるわ。

マシュー　駄目です。

エミリー　そうよ…この招待状が現実になっていくとしたら…おばあ様が…。

アガサ　もう死んでる身だからね…一緒だろ。

マシュー　おばあ様。

アガサ　マシュー、飛んだ事に巻き込まれたわね…魚の名前を当てるどころじゃないか…。

マシュー　冗談はやめてください。

アガサ　冗談なんかじゃないんだよ。これは、私たちの家に代々伝わるものなんだ。

エミリー　だったら教えてください…その魚の名前を早く!!

マシュー　やめるんだ。

エミリー　どうしてよ!?　こんなのもうたくさん…過去を振り返れるならすぐ使うわ!!

マシュー　馬鹿な事を言うな!!　こんなことに使って何になる!!

エミリー　マシュー…。

マシュー　ごめん…だけど、許さない…許せないんだ!!　こんな風に僕らの邪魔をする奴を…絶対許さない。

アガサ　…あんた達は馬鹿だね…何回私の本を読んでるんだい？

エミリー　…。

アガサ　事件に、たまたまなんて言葉はないの。全てに動機や理由がある。あんた達にこの事件が起こるべく理由があるのさ。

エミリー　おばあ様…。

アガサ　あんた達はたった一回だけ、過去を振り返れる。嘘は言わない。

マシュー　…。

アガサ　ただ、本当に振り返るのは、一番大切な時にしておきなさい。たった一回なんだから…。

アガサが部屋の奥へ消えていく。
静寂の中、時計の音が鳴っている。
見つめるマシューとエミリー。

マシュー　僕に…問題があったのかな…?

エミリー　…うぅん…そんなことないわよ…。

マシュー　本当かな?

エミリー　うん。私…断言できるわ。

マシュー　なら…。ならどうして……。

頭を抱えた後、ふとエミリーを見つめるマシュー。
エミリーはその表情を心配し、

エミリー　マシュー…。

マシュー　ごめん…部屋に入っててくれないか。

エミリー　でも…。

マシュー　おばあ様も心配だから…一緒に…頼む。

エミリー　わかった…元気出して…お願い、ね。

　エミリーは、ゆっくりと部屋の奥へ消えていく。
　一人、その場に残るマシュー。
　時計の音が時間の経過を告げている。
　その部屋に、リリィが入ってくる。

リリィ　マシュー…。

マシュー　どうしたの？

リリィ　少し、話がしたくて…。

マシュー　駄目だよ。部屋に入ってなきゃ…。

リリィ　うん…だけど…。

マシュー　何？

リリィ　私…話すのあんまり得意じゃないから…。

マシュー　…今そんなこと言ってる場合じゃ…。

リリィ　ううん。あなたに…。ちゃんと伝えなきゃいけないと思って…。
マシュー　僕に？
リリィ　大丈夫？
マシュー　ああ…なんとか…リッキーが心配だけど…。
リリィ　こんな状況だからしょうがないけど、待ってる側は落ち着いて、ね。
マシュー　うん。
リリィ　伝えたかったのは…おめでとうって言葉。それと…いきなり、いなくなって…ごめんなさい。
マシュー　…もういいよ。四年も前の話だから…。
リリィ　素敵な人ね。
マシュー　うん。今度こそ、幸せになるんだ。こんな状況だけど…。
リリィ　頑張ってね。
マシュー　ああ。もう行って…こんなとこ彼女に見せたら、悲しんじゃうから。大事なんだ、何よりも。
リリィ　わかった。何事もないといいね…これ以上…。

その場を去ろうとするリリィ。
マシューが呼び止める。

マシュー　あの…。
リリィ　何…？
マシュー　あのさ…参考までに、聞かせてくれないかな？　どうして、いなくなったのか…嫌だったらいいんだけど…。
リリィ　…。
マシュー　好きな人でも…できた？
リリィ　うぅん。あなたは、何も悪くないわ。
マシュー　じゃあ…どうして？
リリィ　…人の想いってね、時として残酷な天秤になると思うの…絶対に平行にならない天秤。私はいつからか、浮いてしまってたの。あなたの重りに、あわせてもあわせても追いつけなくて…そして、そこから降りた。だから、悪いのは、私…意味わからないかな。

寂しく微笑むリリィ。

マシュー　そんなことないよ…ありがとう。
リリィ　部屋…戻るね…。

リリィは、部屋の奥へ消えていく。

マシュー　意味はわかるよ…誰よりも…。

独り言をつぶやくマシュー。

ロイとケビンが部屋へ勢いよく入ってくる。

ロイ　マシュー!!

マシュー　どうだった?

ロイ　駄目だ…何処にもいない…。

マシュー　そっか…くそ…くそ…。

声を聞きつけて、エミリー・アガサが奥から飛び込んでくる。

エミリー　ロイ!!　大丈夫…!?

ロイ　ああ…。

エミリー　兄さんも…。

マシュー　ロジャーは!?

ロイ　とりあえず…橋の方まで探してる。

ケビン　君たちは部屋に入っていなさい。この後は俺たちがやるから。

エミリー　いるわ、ここに。

ケビン　駄目だ。…おまえ達は今日、結婚したんだ。大切な日なんだぞ。
エミリー　兄さん…。
ケビン　人違いをしたが…妹を選んでくれてありがとう。こんな事になってしまい、申し訳ない…。
マシュー　いえ……。

突然、部屋にリッキーが入ってくる。

マシュー　リッキー…!!
リッキー　駄目だった…橋の他には渡れそうにない…!!
ロイ　馬鹿!!　今お前を探してたんだよ!!
リッキー　え…どうして!?
マシュー　…招待状に書いてあったんだ…いなくなるって…。
エミリー　良かった…本当に…。
リッキー　ごめん…知らなかったから…。
ケビン　でもこれで…そんな馬鹿げた…
エミリー　ちょっと待って…!!　待って…!!

ソファーに置いてある招待状を取るエミリー。

エミリー　違う…だって…手始めに、この場にいないもの…そして二人がいなくなる…そしてって

部屋の奥、二階から悲鳴が聞こえる。

ケビン　どうした…？

慌てて飛び出してくるサマーソン・セシル・ラトーヤ。

ラトーヤ　窓…窓…。
ロイ　何があった…!?　何が!?
サマーソン　窓から見える…庭のところで…ロジャーさんが…ロジャーさんが…倒れてます…。

——突然の停電。
悲鳴をあげる全員。

ケビン　ろうそくを!!　早く!!
ロイ　わからない!!
エミリー　もうやめて…
マシュー　ふざけるな…!!　ふざけるな!!

サマーソン　黙りましょう…!!　とりあえず!!

ケビン　落ち着きなさい…!!

マシュー　そうだ…おばあ様だ…おばあ様が狙われる…。

――ガチャリとドアが開く音。

セシル　えっ…誰…!?

暗闇の中ドアが開いている。
誰かが確実にその場に侵入している。

マシュー　誰だ…誰なんだ……!?　お前か…こんなことをやったのはお前か…?

ロイ　マシュー危険だ!!　やめろ!!

マシュー　ふざけるな!!　お前なんかに…。

マシューが叫びながら、暗闇の誰かに近づく。
大きな銃声の音。
マシューがゆっくりと倒れる。

エミリー　えっ…嘘よね…マシュー…マシュー!!

ろうそくを照らす男。
手だけが見える。
――薄明かりの中、動かないマシュー。

エミリー　マシュー!!

銃声の音。
暗闇の手は何度も銃を撃ち始める。
混乱する全員。

セシル　きゃあっ!!
ロイ　二階だ!!　二階へ逃げるんだ!!
ケビン　早く!!

嵐がひどくなっていく音が聞こえる。
それに呼応するかのように、銃声が響いている。
――舞台混乱のまま、ゆっくり暗転していく。

ACT 5

舞台明るくなると、部屋には誰もいない。
その場所に、エミリーが入ってくる。
水槽の前で魚を見つめるエミリー。
ドアの開く音。
驚くエミリー。
入ってくるのはロイである。

ロイ　…。
エミリー　ロイか…良かった。
ロイ　…屋敷を回ってきた…人はいない…一応、厳重に鍵をかけてきた。
エミリー　…。
ロイ　大丈夫か…?
エミリー　…本当に、信じられない…夕方までは…あんなに平穏だったのに…。
ロイ　………。

エミリー　この魚…オンリーシルバーフィッシュって言ってね…名前がないの。名前を見つけることができれば…振り返ることができるんですって。

ロイ　エミリー…。

エミリー　おばあ様の書いた本の通り。私とマシューだけが資格を持ってるんですって…でもマシュー…。

ロイの胸で泣くエミリー。

ロイ　大丈夫だよ…俺がついてるから…大丈夫…。

エミリー　私が…悪い…。

ロイ　絶対…何とかなるから…な。

エミリー　うん…。

そこにラトーヤが入ってくる。

はっとしたように離れる二人。

ラトーヤ　…大丈夫?

エミリー　…ええ。

ラトーヤ　どうだった…?

ロイ　玄関の鍵をかけておいた…今は、誰もいない…。
ラトーヤ　そう…。
ロイ　どうした?
ラトーヤ　もう、多少の事じゃ驚かないと思うけど…あんたの友達、いなくなってるわ…。
エミリー　セシル…が!?
ロイ　本当か…!?
ラトーヤ　今、みんなで探してる。二階にはいないわ…。
ロイ　…ここにいて…。

ロイは部屋の奥へ消えていく。
ソファーに座るラトーヤ。

エミリー　…セシル…。
ラトーヤ　これで…四人…招待状は…来るのかしら…。
エミリー　やめて…。
ラトーヤ　…ごめん。
エミリー　…。
ラトーヤ　…人間って不思議ね。こんな極限状態なのに…もう慣れ始めてる。

ケビンが部屋に入ってくる。

エミリー　兄さん…。

ケビン　やっぱり…何処にもいない。外は？

ラトーヤ　ロイが鍵をかけたって…。

サマーソン・リリィ・アガサが入ってくる。

ケビン　…全員、ここにいたほうがいいと思って…部屋にいれば、余計なことを考えてしまう…。

遅れてリッキーが入ってくる。
全員の視線が集まる。

リッキー　あの…。

全員　……。

ロイも部屋に戻ってくる。

ロイ　これで…全員か…。

ラトーヤ　鍵を閉めて。そっちも…この部屋だけにしてよ。

言われたとおり、鍵を閉めるロイ。

ラトーヤ　新しい招待状は…誰も見つけてないのよね…。
アガサ　全部で5通、そう書いてあった。
ロイ　次が…最後か…。

全員が沈黙している。

ロイ　おかしなことがあるんだ…。
エミリー　何…?
ロイ　全員二階へ上がったはずだ…。勿論暗闇の中だから確証はもてないけど…。
リッキー　ああ…?
サマーソン　何ですか…!?

リッキーもおかしな事に気づく。

リッキー　どうして…どうしてですか!?

ラトーヤ　何よ、早く答えて…。

リッキー　死体が…ない。マシューさんの…。

リリィ　え…。

エミリー　私は…ロイがしてくれたんだと…

ロイ　そんな時間なかったよ…狙われてるのは、同じだから。それに…パーカーの死体もないんだ。

ラトーヤ　ちょっと…それどういうことよ？

ロイ　いつの間にか無くなってる…外にあったロジャーの死体も…全部、全部だ。

サマーソン　そんな事って…。

エミリー　…どうして？

アガサ　全ての出来事には理由がある。そう言ったはずよ。

エミリー　……。

ケビン　整理…してみないか？　一から…。

アガサ　パーカーに関しては…全員に可能性がある。それはいいわね…。

ラトーヤ　ロイ…あなたが…犯人？

ロイ　おい…ちょっと待てよ。どうして俺がこんな馬鹿げたことをする必要がある？

ラトーヤ　…聞いてみただけ。

ロイ　おい!!

ケビン　仮にも恋人だろ…やめなさい。

ラトーヤ　私たちとっくに終わってるから…別に関係ないわ。

エミリー　そう…なの…？

ロイ　…余計なこと言うな。

ケビン　でも彼は犯人じゃない…彼を探しに行ったとき…ずっと一緒にいた…。絶対に殺すことなんてできない…。

サマーソン　僕もいました…。

ラトーヤ　それなら私たちも一緒よ…あの時、女三人で一緒に上にいた。

ラトーヤ　全員確認してるわ…私たちじゃない。

リリィ　それに…女の人に…これだけの死体を運ぶことはできないわ…。

リッキー　…皆さん、僕を疑ってるんですよね…。

ケビン　そうは言ってない…。

リッキー　嘘ですよ。だってそうじゃないか…!!　残ってる男は僕だけだ…ロジャーが死んだとき…僕はいなかった!!

アガサ　それに原稿にも興味を示してた…。

エミリー　…招待状も…。

リッキー　でも僕は…。

ラトーヤ　確かにそうね。状況で言ったら…あなたは怪しい。

リッキー　でも僕は…。

サマーソン　あの…ちょっと…いいですか？

サマーソンが口を開く。
全員の視線がサマーソンに注がれる。

ロイ　…何だよ？

サマーソン　あの…間違ってるかもしれないんですが…彼には無理だと思うんですけど…。

ロイ　…どうして？

サマーソン　ちょっと…すいません…。

鍵を開けて、部屋を出るサマーソン。

ケビン　おい何処へ行くんだ⁉

部屋の電気が消える。

エミリー　きゃっ…。

部屋の電気がちかちかと点滅する。
戻ってくるサマーソン。

ラトーヤ　これ…。

サマーソン　…タイミングよく停電になんてならない気がしたから…。ここに、スイッチがあります…。

ロイ　でもそれが…。

サマーソン　マシューさんが撃たれる前、部屋の電気が消えたとき…彼は僕の目の前にいたから…犯人のように、暗闇にすることはできません。だから、彼には…無理です。

大きく頷くリッキー。

全員の沈黙。

ロイ　…マシューが撃たれたとき…二階にいたのは…

アガサ　私だよ。だけど彼女と一緒にいた。

リリィ　はい。

アガサ　ロジャーの時は一緒に窓から発見した。違ったかい？

ラトーヤ　そうよ。間違いないわ。

ケビン　…なら、誰にも無理じゃないか。

リリィは、エミリーを見つめ、

リリィ　あなたは…何処にいたの？

エミリー　え…？

リリィ　あなたは…ロジャーさんがいなくなったとき…何処にいたの？

エミリー　私は…マシューと一緒に、ここにいたわ…。

ロイ　待ってくれよ…彼女を疑う理由がない。

リリィ　でも、マシューと私は会ったの。その時は、いなかったわ。

エミリー　ちょっと待って…私は違うわ…あれはマシューが部屋で待っててくれって…。

リッキー　マシューはもういないんだ。それは証明できないよ…。

エミリー　私…違うわ…！

リッキー　電気だってどこかにスイッチがあるかもしれない…君はここの屋敷の主でもあるんだ。

エミリー　初めて来たのよ…私は。

リッキー　それを証明できるのは…。

エミリー　マシューと…パーカー…。

リッキー　その人たちはもういないんだよ…。

エミリー　私は…。

ケビン　ちょっと待ってくれ…この子はそんなことしてない!!

リッキー　だけど…!!

サマーソン　あ!!　あの…もう少し、いいですか？

ラトーヤ　…何よ、早く話して。

サマーソン　なんとなくなんですけど…電気の事がある以上…普通に考えれば、ここにいる全員は無理だと思うんです。彼女も死体を移動させることは、難しいし…だけど…。
ロイ　だけど何なんだ…。
ラトーヤ　そうだ…一人では、無理だということよね…でも共犯者がいるなら!!
サマーソン　あ、はい。
ラトーヤ　どうして気づかなかったんだろう…。
エミリー　共犯者って…。

サマーソンは、ラトーヤを見つめ、

サマーソン　…あの、どうして彼に犯人だと…さっき、聞いたんですか?
ラトーヤ　それは…。
サマーソン　それがわかれば…全部見えるような気がするんですけど…。
ロイ　ちょっと待て…お前犯人がわかるのか!?
サマーソン　たぶん…ですけど…
ロイ　話せ…早く!!
ケビン　おい…全くわからないんだ!!　わかるように、教えてくれ…。
サマーソン　あ、はい。どうして…死体を動かしたかが気になってて…見られたくなかったんじゃないかなって…思ったんです。

エミリー　どういうこと？

サマーソン　パーカーさんの時も…ロジャーさんも、マシューさんも…ちゃんと見てないんですよ…死んでる彼ら…つまり遺体を…。

ロイ　でも…でも、パーカーの時は、死体を片付けたじゃないか。

サマーソン　その時もきちんと見てないんです。あの時片付けたのは…。

ロイ　ロジャーとマシュー…それと、お前だ…。

全員、リッキーを見る。

リッキー　ちょっと待ってくれ…ちゃんと確認したさ…。

サマーソン　…電気の件だけは…確認できるんです。最初の停電に関しては…私、自分の素性を言おうと思って、全員見てたから…あの時…確実にいなかった人が一人だけいます…。

ロイ　誰だ…!?

エミリー　誰なのそれは…。

サマーソン　それは…。

リッキー　そこまででいいよ。

――突然豹変し、拳銃をつきつけるリッキー。

悲鳴をあげる全員。

リッキーは微笑みながら、

リッキー　その先を話されると困るんだ…。綺麗にいきたかったのにな…。

ケビン　貴様…。

リッキー　招待状は送れなかったけど…もう終わりだから…ちなみに…次にいなくなる人は誰か知ってる…君だよ。

ロイに拳銃を突きつけるリッキー。

エミリー　ロイ!!

ケビン　貴様…!!

リッキー　動かないで…さ、さっさと始めるよ…。

エミリー　やめて…お願い…やめて…!!

リッキー　やめないよ。絶対に……。

エミリー　いや…!

ケビン　…動いちゃ駄目だ…!!

リッキー　そういうこと…選ばれてるのは彼だ…。

銃をつきつけ、リッキーはロイに迫っていく。

恐怖で顔面蒼白なエミリー。

エミリー　やめてお願い!!

アガサ　エミリー…。

エミリー　おばあ様!!　……魚の名前を教えて…振り返るから…お願い!!

アガサ　…いいのかい…?

エミリー　早く…殺されてしまうから…!!

アガサ　お前の一番大切な名前だよ…。

エミリー　…!?

リッキー　君で最後だ。さようなら…これが5通目の招待状。

ロイに向けて、銃の引き金をひこうとするリッキー。

——エミリーは、ありったけの声で、

エミリー　ロイよ————!!

リッキーの腕が止まる。

その場を静寂が包んでいる。

驚くエミリー。

エミリー　え…え…。

リッキー　…申し訳ない…。

　　　リッキーはゆっくりとエミリーを見つめ、深々と頭を下げる。

エミリー　え…。

ケビン　どういうことだ……。

　　　ドアの開く音が聞こえる。

　　　セシルが入ってくる。

　　　驚く全員。

ラトーヤ　…あなた…。

セシル　これで…満足？　…いるんでしょ…？

ロイ　…どういう事だよ…。

サマーソン　やっぱり…そうだ…。

ラトーヤ　じゃあ…

サマーソン　あの時…部屋にいなかったただ一人は……マシューさんです。

――ゆっくりと、その部屋にマシューが入ってくる。

笑っているマシュー。

エミリー　マシュー…。

微笑むマシュー。

マシュー　…何で…わかった？

セシル　ロジャーからしか聞いてなかったから…パーカーの死体も、橋が落ちているかどうかも…
　だから調べに行ったの。

リリィ　じゃあ…。

セシル　橋なんて崩れ落ちてなかったわ…全部、彼のデタラメ。

マシュー　…凄い勘だね。

セシル　勘なんかじゃないわよ……この二人の関係を知ってるのは、私だけだったから…。

エミリー　…過去は…振り返ってないの…。

マシュー　当たり前だろエミリー…そんなことできるわけがないさ。

エミリー　じゃあ…。

マシュー　そうだよ…彼女はアガサなんかじゃない…僕が仕込んだんだ。演技してもらったんだよ。

過去なんて振り返れるわけがない。

エミリー　どうして？

マシュー　僕が君らの関係を知らなかったとでも思ってるのかい？　全部知ってたさ!!　ロジャーに調べさせたさ!!　いつ会ってるのかも、何処で会ってるのかも、どんな電話の内容かも全部知ってたさ!!　実家に金がないことも、僕の財産が欲しかったことも！　全部!!　全部だ!!

エミリー　…違うわ…。

マシュー　黙れ!!

いつの間にか泣いているマシュー。

マシュー　…どうして、振り返ってくれなかった…？　僕が死んだとき、アガサに頼んでくれなかった…なあエミリー…それだけで僕は良かった…そうしてくれたら…全部を許すつもりだったんだ…。エミリー、僕は君を愛していたから…幸せになろうと思っていたんだ…。

エミリー　ごめんなさい…ごめんなさい。

マシュー　謝ってももう遅いよ。真実がわかったから…おかしいだろ？

リリィ　マシュー…。

マシュー　君の言ったとおり、天秤が平行になるはずなんてないんだよ!!　最高だね、こんな結果…思ったとおりだ!!　本当に、おかしいだろ。なあ、おかしいだろ。おかしいだろ。

笑うマシュー。
それは楽しんでいるようでもあり、泣いているようでもある。
ラトーヤがマシューに歩み寄り、頬を思い切り引っぱたく。

ラトーヤ　…あなたの孤独を、人に押し付けないで…。

ゆっくりとその場に崩れ落ちるマシュー。
静寂が全員を包む。
誰も動かず、ただ沈黙している全員。
ゆっくりと、ケビンがエミリーの肩に触れる。

ケビン　…行こう…エミリー。一緒に…帰ろう。

震えながら立ち上がるエミリー。
ケビンが肩を貸す。

ケビン　妹が…大変申し訳ないことをした……。

――だが、希望の目で、

ケビン　だが、これでよかった。君は…狂ってる。

朝焼けの光を残し、舞台はゆっくりと暗くなっていく。
ゆっくりと。

EPILOGUE

舞台、朝焼けの光が立ち込めている。
部屋のソファーに座り、荷物をまとめているラトーヤとセシル。

セシル　これで、よし、と。
ラトーヤ　まだ迎え来ないの…？
セシル　もうすぐよ…。
ラトーヤ　何で私たちが一番最後なのよ。赤の他人だっつーの!!
セシル　あなたはそうでもないんじゃない…。
ラトーヤ　もう…あ、でもさ…。あんたやるわよね。
セシル　何が？
ラトーヤ　一番最初に気づいてたの、あんたじゃない？
セシル　そうでもないわ。実はね…探しに行ったら見つけちゃったのよ、ロジャー。裏庭の小屋に隠れてた…。
ラトーヤ　あちゃー。

セシル　結局最後まで、スマートじゃなかったわね。
ラトーヤ　そういうことか。でも、お手柄ね。
セシル　そう？　…でも、あんたの引っぱたきに持ってかれた感はあると。
ラトーヤ　うん、だな。

笑う二人。
その場にサマーソンが入ってくる。

サマーソン　あれ…もう行っちゃうんですか⁉
ラトーヤ　当たり前でしょ、こんなとこ長居できないわよ。
サマーソン　ですよね。
セシル　あの人が一番他人だよね、きっと…。
サマーソン　あの…一つ聞きたかったんですけど…？
ラトーヤ　何よ…？
サマーソン　あ、いや…あの質問。どうして、ロイさんを犯人だと？
ラトーヤ　ああ…あれね。動機があると思ったのよ、二人はできてるんだとしたらってね…。
セシル　知ってたの？
ラトーヤ　ううん…全然。
サマーソン　じゃあ、何で？

ラトーヤ　マシューが死んだとき、悲しみのあまり彼女泣いてたのよ、ロイの胸で。で、そこに私が通りかかったとき、はっと驚いて離れたのよね。やましくなければ、そんな風にならないでしょ。

セシル　だから…。

ラトーヤ　ま、女の感よ。

サマーソン　名探偵ですね…!!

ラトーヤ　あんたに言われたくないわよ。

ドアが開き、パーカーが入ってくる。

パーカー　お車が…到着しました。

セシル　さ、行きましょう。それじゃあね、死人。

ラトーヤ　請求書ガツンと送るから、伝えといてね。

パーカー　はあ…。

ラトーヤ　あ、であんたさ…結局何者なのよ。

サマーソン　あ、僕は…。

ラトーヤ　ここまできて探偵とか言わないでよ。

サマーソン　あ、タクシーの運転手です。お兄さん乗せてたら、車故障しちゃって…。

二人　…ええ。

ラトーヤ、セシルは怪訝な顔をしながら、その部屋を後にしていく。

サマーソン　…だから言うの、嫌だったんだ。
パーカー　お車も直っております。外へ…。
サマーソン　本当ですか…!?
パーカー　申し訳、ございませんでした。

深々と頭を下げるパーカー。

サマーソン　あ、いえ…あの、一つだけ…原稿って…それだけ謎が解けなかったんですけど…。
パーカー　もう、やめにしましょう…。
サマーソン　そうですね、上質なミステリには、穴がある。昨日の夜のように…それじゃ!!

微笑み、サマーソンもまたその部屋を離れていく。
パーカーは水槽を見つめている。
――その場に、ゆっくりとマシューが入ってくる。
部屋を出て行こうとするパーカー。

マシュー　いいよ…ここにいてくれ…。
パーカー　はい…。
マシュー　お兄さんの言うとおりだ…僕は…狂ってる…。
パーカー　でもあなたは…5通目の招待状を用意していた…。彼女に幸せなメッセージを込めて…。

頭を抱えるマシュー。
パーカーは引き出しから原稿を取り出し、テーブルに乗せる。

パーカー　振り返ればいいんです。あなたには、それができる。
マシュー　…物語の話だよ。
パーカー　いいえ、本当にあるんです。この魚の名前は…この『オンリーシルバーフィッシュ』だけは…本物ですよ。
マシュー　パーカー…。

深々と頭を下げ、部屋を出て行くパーカー。
水槽に近づくマシュー。
魚を見つめている。
――ありったけの想いを込めて。

マシュー　ねえ…！　どんな名前なんだろう…君は…何て呼んだら…振り返ってくれるの…ねえ…
振り返ってよ…ねえ。

マシューの見つめる先に、微笑んでいるエミリー。
彼を見てはいない。
ただ楽しそうに、嬉しそうに原稿を見つめている。
ただ、幸せそうに。
崩れ落ちるマシュー。
――オンリーシルバーフィッシュがきらり光を浴びて。

完

+ GOLD FISH

登場人物

マーティズ……洋館に休暇を取りに来た青年。考古学者の肩書を持っている。
パーカー　……黒服を纏った洋館の執事。
ポロット　……ミステリに長けた男。癖のある物言いを得意としている。
シンシア　……一生懸命ではあるが、どこか自信の無さそうな女性。
ワイズナー……眼鏡をかけた、知的な紳士。
ビクトール……新婚の男性。エヴリンを心の底から愛している。
エヴリン　……ビクトールの妻。激しい気性の持ち主。
クラリス　……的確な助言のできる婦人。劇中では、マーティズを導く。
ベントー　……物静かで、人前に出る事を嫌がる内気な男性。
ブラント　……どこか影のある坊主頭の紳士。
アーシュラ……遅れてやってくるクールな女性。
ペイトン　……落ち着きのある頭の良い青年。アーシュラの婚約者。
ヒューズ　……クラリスの秘書。

PROLOGUE

舞台まだ暗い。さっきまで鳴り響いていた音楽は鳴り止み、辺りは深い闇に包まれる。

鳥の鳴き声が響く中、舞台は静寂を保っている。

朝焼けの光と共に、ゆっくりと光がソファーに降りてくる。

場所は一つの洋館、そして一つの部屋。

ドアの向こうから声が聞こえる。

手荷物を持った黒服の男がドアを開け、手早く入ってくる。

黒服　こちらです。どうぞ。

ドアの向こうから入ってくる一人の男。

名を、マーティズ。

マーティズは陽気に、室内を見渡している。

マーティズ　ありがとう。

マーティズは、笑顔を見せる。
目の前の水槽を見つけ、

マーティズ　これは…見事だ。

我を忘れたかのように見入っているマーティズ
水槽で泳ぐ魚に目を奪われるように、

黒服　………。
マーティズ　すごく綺麗だね、この魚。
黒服　皆、そう言われます。
マーティズ　あ、そうだチップを…。

マーティズは懐から、札を取り出し、黒服に渡そうとする。

黒服　いえ…お気持ちだけ…。
マーティズ　どうして?

黒服　お屋敷をご案内しただけですから。

マーティズ　いいからいいから…。

黒服　いえ、こういう場合は…。

丁寧に断る黒服。

マーティズ　駄目なんだ？

黒服　申し訳ありませんが…。

マーティズ　そっ…か。ごめんね、田舎暮らしが長かったからこういうの、慣れてなくて。

黒服　いえ、お気持ちだけで充分です。

水槽を気に留めるマーティズ。

黒服　一週間の滞在で…よろしいんですよね？

マーティズ　そうだね。

黒服　ご存知かと思いますが、この屋敷には電話はございません。

マーティズ　うん。

黒服　何か緊急の御用がある場合は、私にお申し付け下さい。ただ、どうしても必要に迫られるお電話でしたら、この2マイル先に…

マーティズ　そういう場所を選んだんだ。承知してるよ。
黒服　…はい。
マーティズ　一つ、聞いていい？
黒服　どうぞ。
マーティズ　この屋敷に、僕以外の滞在者が来る予定は？　この一週間の間で。
黒服　明日にお一人だけ。一泊の予定ですが。
マーティズ　それは聞いてる。じゃあ…それだけなんだね。
黒服　はい。

マーティズは握手のように腕を出し、

マーティズ　マーティズです。よろしく。
黒服　執事のパーカーです。

黒服もまた、それに応じる。

マーティズ　素敵な旅になりそうだ。
黒服　お荷物はここに置いておけばよろしいですか？
マーティズ　うん。あ、ここでチップを…

黒服　いえ。

笑うマーティズ。

マーティズ　じゃ、出すタイミングだけは教えてくれよ。執事ではなく、友人としてね。
黒服　はい。マーティズ様、ご夕食は？
マーティズ　じゃあしかるべき時間に。折角だから、一緒に食べよう。
黒服　しかし…。
マーティズ　友人としてって言ったろ。それにどっちにしたって、明後日までは僕と君しかいないんだ。
黒服　わかりました。
マーティズ　よし。いい名前だね。パーカーなんて…来たよ僕パーカー、パーカー。

歌を歌うマーティズに黒服は困惑する。

黒服　……。
マーティズ　チップを。

懐から札を取り出すマーティズ。

黒服　あ、いや結構ですから…。
マーティズ　でも、本当にいい名前だ。きっと君を生んだ親は気に入ってると思うよ。
黒服　…ファミリーネーム、ですので。
マーティズ　あ。
黒服　でも、気に入っていましたよ。両親も。
マーティズ　そっか。
黒服　ご夕食は何になさいますか？

水槽にふらりと近づくマーティズ。

マーティズ　……そうだね。

魚を見つめているマーティズ。
しばらくの沈黙が訪れる。

黒服　…マーティズ様？
マーティズ　あ、ごめん。えっと…
黒服　ご夕食は？

マーティズ　ああそうだった。じゃあ、一つ謎かけをしよう。

黒服　謎かけ？

マーティズ　僕は一つだけ、もう出てきただけでものすごく驚いてしまう食べ物があるんだ。それを当ててみてくれよ。

黒服　…。

マーティズ　簡単だよ。サービス問題だ。

黒服　申し訳ないんですが、全然見当がつきません。

マーティズ　ヒントはもう出てたじゃないか。僕と君との会話の中に。

黒服　え？

マーティズ　名前だよ、名前。

黒服　え…え…わかりません。

マーティズ　しょうがないな。まあ、チーズ。

黒服　……。

マーティズ　チップ、チップを…。

懐から札を取り出すマーティズ。

黒服　いや、本当に結構ですから…。

マーティズ　そう？　本当に教えてくれよ、タイミング。

黒服　はい。それではまた…ご夕食の時に。
マーティズ　うん。

部屋を出ようとする黒服。
マーティズは、再び水槽を見つめている。

黒服　あなたも、魅せられましたか…その魚に。
マーティズ　…うん。
黒服　ここに来るお客様は、皆そうです。
マーティズ　気持ち、わかるよ。だって、綺麗だからねぇ。

溜息をつくマーティズ。

黒服　世界にたった一匹しかいないと言われています。
マーティズ　そうなの？
黒服　ええ、まあ私は専門ではないので、本当のところはわかりませんが…。
マーティズ　名前は？　この魚の名前。
黒服　…わかりません。
マーティズ　わからないの？

黒服　はい。我々は、「オンリーシルバーフィッシュ」と呼んでいます。
マーティズ　へえ…。でも、調べないの？
黒服　たった一匹の魚と言われていますので…調べようがありません。
マーティズ　あ、そっか…。

魚を見つめるマーティズと、黒服。

黒服　でもね…言い伝えがあるんです。その魚には…。
マーティズ　言い伝え？
黒服　はい。
マーティズ　どんなだい？　勿体ぶらずに教えてくれよ。
黒服　その魚の名を知ることができれば、振り返る事ができるんです。
マーティズ　振り返る…？
黒服　たった一度だけ、その人の大切な過去を…そして選択できる。もう一度だけ…。
マーティズ　…過去を、振り返る…か。ロマンチックな話だね。
黒服　皆さん、そうおっしゃいます。
マーティズ　…それで、名前は？
黒服　え？
マーティズ　勿論、君は知っているんだろ？

黒服　いえ。残念ながら。

マーティズ　なら…調べたいなぁ。名前…か。

魚を楽しそうに見つめているマーティズ。

黒服は笑い、

黒服　ではマーティズ様。そろそろ…。

マーティズ　この一週間で聞き出すから、覚悟してパーカー。

黒服　はい。

黒服は一礼をして、その場を後にする。

ソファーに座り、溜息をつくマーティズ。

マーティズ　さて…と。

ふらりと水槽に近づくマーティズ。

泳いでいる魚を見つめ、

マーティズ　そろそろ、始めようか……メアリー。

名前を呟くマーティズ。
それは希望に満ちた声でもあり、託した声でもある。
音楽。
舞台ゆっくりと暗くなっていく。
その中でキラリと光る、かすかな魚。

ACT 1

舞台は突然に始まる。
水槽の前で、後ろ向きに立っている男。
名をポロット。
ポロットは水槽に向かい、幾つもの言葉を発している。
新聞を読んでいる一人の男。
名をワイズナー。

ワイズナー　………。

ポロット　クララ、エリザベス、ジョン、ジョンソン、カイザー、ギブソン。

ソファーに座っている一人の女。
名を、シンシア。

シンシア　駄目…ですか？

ポロット　うーん…マイケル、マイケルジャクソン、クリスタル、クリスタルキング…ケロロ、ケロロ軍曹。

シンシア　…。

ポロット　ベム…ベラ…ベロ…ケロロ軍曹。

一生懸命に名前を呼んでいるポロット。

シンシア　駄目ですよね、やっぱ…。

ポロット　スカイハイ、ニールセン、フェラーリ、キロロ、ケロロ軍曹。

シンシア　…それ言いたいだけでしょ？

ポロット　駄目だな、やっぱ。そう簡単にわかりっこないよな。ちっきしょ。

シンシア　当たり前ですよ。それに、そんなに簡単に当てられても困るし。

ポロット　パーティまでに運よく当てるのも、悪くないと思ってね。

シンシア　たった一人なんですよ。まだ他にも来るかもしれないのに、フェアじゃないわ。

ポロット　もともと過去を振り返ろうなんて奴がフェアとも思えないんだけどな。

シンシア　ならあなたどうしてここに来たのよ。

ポロット　そりゃ…ま、それはおいおい話すとして…あんた…。

ワイズナー　え？

ポロット　あんたさっきから何読んでんのさ？

ワイズナー　ああ…いやちょっと…。

新聞を折りたたむワイズナー。

シンシア　何かあったんですか？
ワイズナー　今朝の新聞記事。ちょっと気になることがあってね。
シンシア　何？
ワイズナー　…昨日の夜にね…。
ポロット　おいおい、折角こんな避暑地まで来てんだ。辛気臭い話はなしにしようぜ。
ワイズナー　…まあ、ただ…
ポロット　そういう俗世間から離れる為にここに来てんだろ。別にいいじゃんか。
シンシア　でも、気になりませんか？
ポロット　別に。ま、この魚の名前が書いてあるんだったら気にもなるけどな。
ワイズナー　書いてある。
二人　えっ？
ポロット　書いてあんの？　え？　マジで？　嘘だろ!!
ワイズナー　嘘だ。
ポロット　嘘つくなよ、こんな序盤から。
ワイズナー　あんたの横柄な態度に少し腹が立ってね。まあでも言うとおりだ。確かに世間のニュースなんかどうでもいい。仕事柄持ってないと落ち着かなかったものだから。
シンシア　どんな仕事を？
ワイズナー　たいしたものじゃないよ。それに、自己紹介は全員揃ってからにしよう。
シンシア　あ…はい。
ワイズナー　しっかし…本当にいるとはな。

ワイズナーは立ち上がり、水槽を見つめる。

シンシア　本当に…。
ワイズナー　綺麗な魚だよな。孤高な感じがする。
シンシア　…うん。
ポロット　そりゃそうだろ。一匹しかいないんだから。
ワイズナー　全部で何人来るのか、知ってる？
シンシア　あ…全然。
ワイズナー　あんたは？
ポロット　知らないね。
シンシア　もしかして…聞いてるんですか？
ワイズナー　いや…だけど、なんとなくわかる気はするんだよ。君らもそうだろ？
シンシア　え？

ポロット　ま、普通に考えれば…。
シンシア　ちょっと待ってください、私…全然わからない。

一人の女が入ってくる。
名をエヴリン。

エヴリン　11人。全部あわせても12人でしょ。
シンシア　え？　あ…。
ワイズナー　新しい滞在者がいらっしゃったようだ。
エヴリン　ほら…急いでよ。

エヴリンの後ろから、大きな荷物を抱えた男が現れる。
名を、ビクトール。

ビクトール　ごめん、かさばるから。
エヴリン　…この魚か。

エヴリンは全員に目もくれず、水槽の魚を見つめている。

ビクトール　皆さん、ごきげんよう。
ワイズナー　どうも…。
ポロット　よ。
シンシア　こんにちは。
ビクトール　…荷物は何処へ置けば…。
シンシア　あ、執事の方が後でまた来るそうです。みんなが揃ってからって…。
ビクトール　ありがとう。あ、ビクトールです。こっちは妻のエヴリン。
エヴリン　紹介なんて別にいいわよ。
ビクトール　でもさ…。
エヴリン　言ったでしょ、仲良くしてる暇なんかないって。
ビクトール　こら、みんなの前で失礼だよ。
シンシア　みんなが揃ってからって事になったんで…ね。
ビクトール　そうですか。これは失礼した。
ワイズナー　夫婦なんですか？
ビクトール　あ、はい。

ビクトールは自慢げに、笑顔で答える。

ポロット　いや、でもさ…。

エヴリン　いけないこと？　そんな規則はなかったはずだけど。
ビクトール　新婚なんです。まだ一年ちょい…。
ポロット　でも普通に考えてさ…。
エヴリン　もともとルールなんてなかったはずよ…この場所を見つける事ができれば。確率的にあがると思ったから…連れてきただけ。
ビクトール　はい。
エヴリン　駄目なのかしら？
ワイズナー　俺たちにそれを言う権利は無いからね。
シンシア　あの…？
エヴリン　何？
シンシア　どうして、12人だと？
ポロット　あんた…まだわかんないのか？
シンシア　…全然。
ポロット　しょうがねえな。この屋敷に来たきっかけって何だよ。
シンシア　え？　それは…

シンシアは近くにあるバッグから本を取り出し、

シンシア　この本の中に書いてあった…。

ワイズナー　そういう事。いわばこの屋敷には真のミステリ好きが集まったわけだ。謎解きの大好きな一癖も二癖もある奴がね。

ワイズナー、本を取り出す。
続けるように、ビクトールも二冊取り出す。
一冊はエヴリンのものである。
ポロットもまた同じように、

ポロット　そう考えりゃ、趣向も凝らしてくるだろうって事だよ。

シンシア　あ…。

シンシアは本の冒頭を開いて、言葉を発しようとするが、

ポロット　12人。これにかけてくるんじゃないかって事だ。

シンシア　そっ…か。

エヴリン　あなた、本当に読者？

シンシア　そうですけど。

エヴリン　一人しか選ばれないのわかってる？　そんなんじゃ先が思いやられるわね。

シンシア　ちょっと…。

エヴリン　別に喧嘩する気はないわ。ライバルが減ってくれて嬉しいだけ。
シンシア　何ですかその言い草。
エヴリン　二階に部屋があるのよね？
ワイズナー　たぶんね。
エヴリン　見てくる。ねえ、その荷物、さわらないでよね。
ビクトール　あ、はい。

エヴリン、足早に部屋の奥へ消えていく。

シンシア　ちょ…性格悪い…。
ビクトール　はは…愛する妻です。
シンシア　あ、すいません。
ビクトール　いえこちらこそ…なんかすいません。
ポロット　随分気の強い奥さんを持ったな。
ビクトール　大恋愛だったもので。お互いに激しく惹かれあい、恋に落ちました。
ポロット　どうみてもそうは思えないけど…。
シンシア　ねえ…。
ビクトール　いや、本当なんですよ。ああ見えて愛されまくってます。

エヴリンが足早に戻ってきて、

エヴリン　ねえ…埃がかぶった部屋があるんだけど…。

ビクトール　本当に？

エヴリン　嫌だからね。私一人だけでも、必ずいい部屋取ってよ。

ビクトール　頑張るよ。

エヴリン　もう…。

エヴリンは再び部屋の奥へ消えていく。

ビクトール　はは…愛する妻です。

シン・ポロ　本当に？

ビクトール　はい。

ワイズナー　こりゃ「ツンデレーション」だな。

シンシア　え、何それ？

ワイズナー　ミステリ用語だよ。最初はつっけんどんだけど、二人きりになると甘えだすんだ。有名な言葉だよ。

シンシア　へえ…本当に。

ワイズナー　いや、嘘だ。

シンシア　だから嘘はつかないでよ。

ビクトール　でも…本当に、いるんですね。

ビクトールは水槽に近づき、魚を見つめて感嘆の声をあげる。

ビクトール　えっと…あ、名前無いんですもんね。

シンシア　そう…だから私たちは、「オンリーシルバーフィッシュ」って呼んでるの。

ビクトール　…本当なんだなぁ。

ポロット　何だ、あんた疑ってたのか？

ビクトール　いえ…そうじゃないですけど、妻から聞いた話だけだったので…僕はもともと小説も読みませんし…。

ポロット　やっぱりね。

ビクトール　え⁉　やっぱり駄目なんですか？

シンシア　…うん、駄目じゃないけど…ほら、それだと誰でもいいって事になっちゃうじゃない？

ビクトール　ああ…。

ワイズナー　このミステリに隠されたもう一つの謎。この屋敷に来るのは、それを解いたものだけだよ。

ビクトール　一応その本だけは、妻に言われたので読みました。もう一つの謎は…正直全然わからなかったけど…。

ポロット　でも、あんたの奥さんは解いたんだろ。
ビクトール　はい。
ポロット　ならしょうがないんじゃねえの？　あの子の言うとおり、旦那を連れてきちゃいけないとは書いてなかったしな。
シンシア　まあ…。
ビクトール　あなたも解いたんですか？
シンシア　私？　一応…偶然と言うか奇跡的に…。
ビクトール　すごいなぁ。
シンシア　でも、私も全然ですよ、きっと。…さっきだって…一人わからなかったし。
ビクトール　あ！　妻が言った11人とか12人とか…あれ、何ですか？
シンシア　ああ…登場人物の数。

シンシアは本を見せながら、

シンシア　ほら、この本と。これにかけてるんじゃないかって…招待状の数も。
ビクトール　なるほど！
ワイズナー　そんなのは、序の口だと思うけどね。まだまだ来ると思うよ、ミステリのつわもの達が。
ビクトール　でも、妻はちゃんとわかってました！　そうですよね？

ワイズナー　ま、そうだね。

ビクトール　やっぱり、たいした奴だ。あいつは。うん。わかりませんよ、あいつなら。本当よくできた女性なんですから。

ポロット　相当惚れてるみたいだな。

ビクトール　まあ、大恋愛だったものですから。恐縮です。

シンシア　そんなに想えるなんて素敵ね。

ビクトール　まあ、向こうもそうですから。

ワイズナー　どう見てもそんな風には見えないけどなぁ。

ビクトール　そんな事ありませんよ、ああ見えて、僕にベタ惚れです。

ポロット　なんていったって…

ビクトール　大恋愛だったものですから。恐縮です。あ、これ…名前見つけなきゃいけないんですよね。

ビクトールは水槽に近づき、名前を呼ぶ。

ビクトール　ラブラブラブ、ラブワゴン、ラブサイコデリカ…

ポロット　言えてないよ。

ビクトール　あ、すいません…つい嬉しくて…。

シンシア　そうみたいね。

ビクトール　あいつから誘ってもらった旅行なんて初めてだったものですから。
シンシア　あ。
ポロット　どうした？
シンシア　こういうのって…ミステリでよくあったりしません？
ワイズナー　何が？
シンシア　ほら、例えばね…この人が大金持ちだったりするのよ。二人は大恋愛の末、結婚…しかし…。
ポロット　それは巧妙に仕組まれた女の罠だった。
シンシア　そうそう!!
ワイズナー　あるね～。
シンシア　男は人がいいだけのお金持ちでね、女は偶然を装って近づき、結婚までこぎつける。いつの日か、財産を自分の手にする為に…。
ワイズナー　練りに練った旅行の計画。事故に見せかけ、男を…ドン。

崖から突き落とす素振りをみせるワイズナー。

シンシア　あるわよね、よくある!!
ビクトール　ああわかります、そういうの!!
シンシア　でしょ!!

ポロット　お前が金持ちだったら、面白い事になってたな。
ビクトール　いや、恐縮です。
ポロット　また恐縮だって…それちょっとカチンと来る…ん？
シンシア　え？

三人の動きが止まる。

ビクトール　…何ですか？
ポロット　お前…ひょっとして金持ち？
ビクトール　あ、僕はそんな…
ワイズナー　おいおい、何だよ、びっくりさせるなよ。
ポロット　やめろやー。
ビクトール　祖父が築いただけですから、僕なんかまだまだひよっこです。
シンシア　え？　ってことは…
ポロット　おじいさん、会社経営してるの？
ビクトール　あ、はい。石油会社を幾つか…今は引退して父が社長ですけど。
ポロット　幾つか。
ビクトール　今は海外と提携して巨大な複合企業になってますから…。

顔を見合わせる三人。

シンシア　ちなみに、別荘とか幾つ持ってたりする？
ビクトール　幾つ？　…えっと数えたことが無いから…。
ポロット　出た。
ワイズナー　クルーザーは？
ビクトール　それも数えたことは…。
ポロット　また出た。ぽろっと…。
シンシア　あのさ…一応…聞くけど…彼女との出会いは偶然とかじゃ…
ビクトール　いやもうびっくりするぐらい偶然の出会いなんですよ。
三人　出た…。
ビクトール　いや、あれは運命ですかね。街でぶつかったんです。それで彼女が倒れて…慌てて僕が…

部屋にエヴリンが戻ってくる。

エヴリン　何を話しているの？
ビクトール　…あ、今僕らの出会いをさ…。
エヴリン　余計な話止めて、そういうの好きじゃないから。

ビクトール　あ…そうだったね。ごめん。
三人　………。
エヴリン　これ、上に運んで。
ビクトール　わかった。頑張るよ。

足早に奥の部屋に消えていくエヴリン。
ビクトールはついていこうとするが、ふと立ち止まって、

ビクトール　どうしたんですか？
ポロット　…ま…
シンシア　大恋愛って事で…、
ワイズナー　なあ。
ビクトール　あ、恐縮です。

無理に笑う三人。
ビクトールは奥の部屋に消えていく。

シンシア　…どうしよう？
ポロット　考え…すぎなんじゃないの？

ワイズナー　…色んなタイプが来るってことで、ね。

ドアを開ける音。
パーカーに連れられ、一人の男と一人の女が入ってくる。
男の名は、ベントー。
女の名は、クラリス。

パーカー　こちらです。
クラリス　ありがとう。
パーカー　どうぞ。
ベントー　あ、はい…。
ワイズナー　たくさん来たみたいだね。
クラリス　初めまして。あ…自己紹介は…後なんですよね。
ワイズナー　そうだったよね、確か。
パーカー　…はい。
シンシア　もしかして、また夫婦でいらしたんですか？
ベントー　あ、いえ…私は…違います。
クラリス　歩いていたら、会ったんです…偶然に。ねえ？
ベントー　あ、はい…。

クラリス　こんな田舎道で、普通持って歩かないでしょ、こんなのは。

クラリスはバッグから一冊の本を取り出す。
頷くシンシア。

シンシア　ああ。
クラリス　資格を持っているということで、認めてくれるかしら。

微笑むクラリス。
ベントーも慌てて本を取り出し、皆に見せる。

ワイズナー　勿論、よろしく。
シンシア　どうも。

ワイズナー、クラリスと握手をする。
ペコリと頭を下げるシンシア。

ワイズナー　あなたも…頭がよさそうだ。
ベントー　いえ、そんな事は…。

パーカー　全員が揃い次第、今回の趣向をお話致します。それまでもうしばらくお待ち下さい。
ポロット　全部で何人来るんだよ？
パーカー　それは私には…。後ほど、おわかりになると思いますので。
ワイズナー　じゃあ俺はそれまで散歩でもしてきますかね。面白いとこある？
パーカー　えっと…
ワイズナー　あ、いいや…自分で探してくるから。それじゃ、ごきげんよう。

軽やかにワイズナーは、部屋を出ていく。

クラリス　陽気な人ね。
ポロット　そうみたいだねぇ、俺らもさっき会ったばっかりだから。
クラリス　あ、そっか。
シンシア　…どうしたんですか？
ベントー　あ、いえ…。
ポロット　どうしたんだよ…。

いつのまにかベントーは、水槽を見つめている。

ベントー　まさか本当にいるとは…いまだに、信じられません。

クラリス　本当ね。この魚の名前を知れば…過去を振り返れる。

ベントー　……。

ポロット　たった一人だけな。

クラリス　案外、簡単に名前当たってしまったりしてね。

シンシア　でもこの人、さっきからずーっと言ってたんです。

ポロット　当たってないんだから、別に構わないだろ。

クラリスは水槽の前で考え込む。

クラリス　うーん…考えてみると、中々出てこないわね。

シンシア　何でもいいんですよ、今は。

クラリス　ナターシャ…ミザリー…シンシア…

シンシア　あ!!　それ私の名前です。

クラリス　そうなの?

シンシア　なんか嬉しいですね。

クラリス　じゃあ今度私の名前も当ててみてね。

クラリスは微笑み、続けて水槽に向かう。

クラリス　それから…スーザン、リベロ、ケロロ軍曹。
シンシア　え？

ポロットは陽気に立ち上がり、クラリスに近づく。

ポロット　あんた気が合うな。気が合うよ。
クラリス　そう？
ポロット　そうだよ、なんか嬉しい。とっても。フリージア。
クラリス　エルメス。
ポロット　ヨーゼフ。
クラリス　ミランダ。
ポロット　ソロモン。
クラリス　エアロ。
二人　ケロロ軍曹。

何故か喜んでいるクラリスとポロット。

シンシア　なんかちょっとよくわからないけど…。
ポロット　あんた！　あんたもやってみたら、折角だから。

ベントー　いや、私は…結構です。
ポロット　今…落としどころだから、ね。
ベントー　落としどころ？
ポロット　ケロロ縛りで、間違いないから。絶対笑い取れるから。ほら。

ポロットはベントーを水槽に引っ張っていく。

ベントー　いや!!　私はそういうのは…苦手なんですよ。
ポロット　大丈夫だから、ほらこっち来て。
ベントー　いや、本当に苦手なんだ。申し訳ないが、勘弁してください。

ポロットの腕を振り切るベントー。

クラリス　嫌なんですか？　冗談。
ベントー　あ、いえ…決してそういうわけでは…ただ、私は元来そういうセンスが欠けていまして…わからないんです。ジョークを言うタイミングも…中身も…。
シンシア　そうなんですか？
ベントー　…はい。ですから、今のも何が面白いのか、さっぱりわからない。何で笑うのかも全くわからない。意味がわからない。

ポロット　…なんか、すいません。

ベントー　あ！　決してそういう意味では…あくまで私が悪いと言うことなんですが…。

クラリス　そんなに深く考えなくてもいいんじゃない？　適当に言えばいいんだから。

ベントー　まあそうなんですが…。

クラリス　笑わせるのではなく、楽しもうとするのが大事なんだから。

シンシア　そうですよね、やってみます？

ベントー　いや、でも…。

シンシア　いいからいいから。

　　ソファーに座り、全員名前を呼び始める。

クラリス　クーリオ。

ポロット　ノートン。

シンシア　ジェシカ。

　　緊張しているベントー。

ベントー　……チッコリ。

クラリス　バート。

ポロット　ジュリアン。

シンシア　ラングレー。

さらに緊張しているベントー。

ベントー　……ヘロ。ヘロ。

ポロット　…もうワンテンポ早く来てほしいな。

ベントー　すいません…精一杯やってはいるんですが。

クラリス　でも、縛りはあったじゃない。

ベントー　縛り？

クラリス　「ロ」で終わってたでしょ。で、次は…。

シンシア　ああ！　私も、わかりました。

ベントー　いやでも偶然です。決してひねり出したわけでは…。

ポロット　だったら次はわざと言えよ。そっから繋げるから。行くぞ…。

ベントー　ちょっと待ってください、そんな簡単に思いつくわけ…

クラリス　エミリー。

シンシア　ターニャ。

ポロット　トーマス。

クラリス　バッカス。

シンシア　ナオミ。
ポロット　マークス。
ベントー　ん…ん…タ…タランチュ…ラ…ロ。
ポロット　さらっとさらっと……。
ベントー　はい。
クラリス　カール。
シンシア　フローラ。
ポロット　リチャード。
ベントー　…んと…ゲロ。
ポロット　それじゃ入れないから、もう!!　あんた真ん中。

順番を入れ替えるポロット。

ベントー　いや、もう無理です。私は皆が思うような事はできな…
クラリス　ヨーク。
シンシア　リリア。
ベントー　ガ…ガルウイング。
ポロット　さらっと!。
ベントー　ポ…ポルノ。

ポロット　「ロ」をつけて！

ベントー　ドロシー。

クラリス　語尾だって!!

ベントー　ドロチー。

シンシア　そうじゃなくて!!

ベントー　ドロチーロ。

ポロット　そんな名前ない!!

ベントー　ハラペーニョ。

シンシア　食べ物だろ！

ベントー　原辰則。

クラリス　コメントできない！

ベントー　もう勘弁してください！

逃げるベントー。

シンシア　早く!!

ベントー　やめてください！

ポロット　ほら早く！

ベントー　やめろ!!

三人はベントーを見つめ、微笑む。

ポロット　やめろ……

三人　…ケロロ…軍曹。

喜んでいる三人。

ベントー　わからない…もう全然わからない。

ポロット　でかしたな…あんたでかした。

ベントー　ほっといてくれて結構ですから。新聞、お借りします。

新聞を手に取りソファーに座り込むベントー。

ポロット　いや…でかした。あの人、でかした。

シンシア　もういいよ。

ドアを開ける音。

一人の男が入ってくる。

男の名は、ブラント。
ブラントは汚れたジャケットを手にし、大きなトランクを床に置く。

ブラント　すいません…ここで、よろしかったですか？

シンシア　あ…あなたも…。

ブラント　執事の方が見当たらなかったので、勝手に入ってきてしまったんだが…。

クラリス　…。

ポロット　ここで、間違いないよ。あんたが資格を持ってるならね。

ブラント　資格？　…ああ。これの…ことかな？

ブラントが荷物から取り出そうとした瞬間、
部屋の奥からエヴリンとビクトールが戻ってくる。

エヴリン　揃ってきたみたいね。

ブラント　…よろしく。

ブラントの挨拶に合わせ、全員がお辞儀をする。

クラリス　二階にも来てたの？

ビクトール　初めまして。ビクトールです。こっちは妻の…

エヴリン　いいって言ってるじゃない。

ビクトール　あ…。

シンシアはクラリスに小声で、

シンシア　あの子、性格悪目だから気をつけたほうがいいですよ。

クラリス　そうなの。

ポロット　…あんたもやる？

ブラント　何を？

ポロット　ケロロ軍曹ゲーム。

クラリス　趣旨が変わってるわよ。どうしたんですか？　シャツ、汚れてしまってるけど…。

ブラント　ああ、来る途中、水車小屋の前で転んでしまって…昨日の雨で道がぬかるんでたから…。

クラリス　そう。

シンシアに話しかけるエヴリン。

エヴリン　執事とかいないの？

シンシア　また来るって言ってたけど…。

エヴリン　いつ始めるとかわからないと困るんだけど。

シンシア　私に言われても…。

ビクトール　そうだよ、みんな僕らと同じなんだから。ね。ごめんなさい。

シンシア　いえ…。

ベントー　あの…。

ドアを開ける音と共に、ワイズナーが入ってくる。

ワイズナー　いや、本当に田舎だなここは。何もありゃしない。

クラリス　のどかでいいんじゃない？

ワイズナー　ま、そうだけどね…。お、また増えてるね、新しいのが。

ブラント　よろしく。

ワイズナー　どうも。なんか渋いね、その髪型。

ブラント　そうですか？

ワイズナー　今流行ってるんだよな、その髪型。マルコメーション。

ブラント　本当に？

ワイズナー　いや、嘘。

ポロット　だから嘘つくなよ!!

ワイズナー　どう？　面白かった？　今の。

ベントー　私は…さっぱりわからない。もうさっぱり。
ワイズナー　そこまで言うことないじゃない。
ベントー　あ、いやそういう意味ではなくて…。
エヴリン　ねえ…ねえ…。

シンシアに話しかけるエヴリン。

シンシア　…私？
エヴリン　あなたさっき執事と会ったのよね。
シンシア　ええ…まあ。
エヴリン　何人来るかとか言ってたの？　招待状の数よ。
シンシア　ああ、それも後ほどお話しますって。全員揃ってからって。
エヴリン　人数わからなきゃ全員揃ったかわからないじゃない。
シンシア　だから私に言われても…。
ビクトール　もういいじゃないか。
エヴリン　…何で聞いておかないのよ…そのくらい。
クラリス　…ロックオンされてるみたいね。
シンシア　何で私だけ…。

クラリスは窓の外を見つめながら、

クラリス　…天気、悪くなりそうね。
シンシア　昨日も土砂降りでしたもんね…。
ワイズナー　川あったじゃない？　ほら、ここにくる橋のとこの。さっき見たら、あの水量も結構上がってたよ。
ポロット　雨が降ったらやっかいだな。
ビクトール　少し、ミステリチックですけど。
ブラント　それはそうだね。
クラリス　あの子達には幸せでも…私たちは遠慮したいわね。
シンシア　あの子達って…。
クラリス　ほら、水の中のあの子達。

クラリス、水槽を促す。
全員、それとなく水槽を見つめている。

シンシア　ああ…。
ブラント　うまいこと…言いますね。
ベントー　あの…。

ポロット　どうした？

ワイズナー　ああ、そう言えば!!

大きな声を出すワイズナー。

ポロット　何だよいきなり…。

ワイズナー　すごい面白い話があるんだよ。笑える話…。

ポロット　あ、チャンスだぞ…ここ。

ベントー　え？

ポロット　何でもいいから笑っとけ。たいして面白くなくても。

ベントー　いや、私は…。

ポロット　いいから。

ブラント　どんな話？　聞かせてよ。

ワイズナー　橋の先に水車があるだろ。あそこに人型がぼっこり！　雨でぬかるんだ馬鹿がいるんだよ!!　最高だろ!!

全員　あ…。

ブラント　……。

気まずそうなブラント。

ベントー　ハハハハ…！
ポロット　笑うなよ！
ベントー　え、何で…？
ワイズナー　ん、どうしたの？

ブラントは取り繕う様に無理に笑い、

ブラント　…その人型の頭は、マルコメーションじゃなかった？
ワイズナー　何言ってんの、意味わかんねぇ。
ブラント　…。
エヴリン　ねえ…ねえ…。
シンシア　……。
エヴリン　あなたなんだけど…ねえ。

シンシアはクラリスの背後に隠れ、

クラリス　何？
シンシア　お願い…できますか？

クラリス　何？
エヴリン　招待状は確認したの？　全員持ってるかどうか？
クラリス　どうして？
エヴリン　誰が本物で誰が部外者なのかわからないじゃない。
クラリス　それをするのは、私じゃないから。
ビクトール　もういいって。
エヴリン　黙ってて。
ビクトール　はい。
エヴリン　でも時間勿体無いでしょ。こんなとこで意味なく待ってるなんて。
クラリス　ならあなたがそう提案して。私たちもあなたと同じ、訪問者だから。
エヴリン　面倒くさいでしょ。
クラリス　ならみんなも同じよ。もうちょっと肩の力抜いたら。こんな機会、滅多にないわよ。
エヴリン　…。
ビクトール　やられたね。
エヴリン　黙って。
シンシア　…勉強になります。
クラリス　ねえ…あなた、さっき何か言いかけてなかった？
ベントー　あ…別に…。
ポロット　いいじゃん、言えよ。ほら。

ベントー　注目されるのは、苦手でして。
ブラント　大丈夫だよ、俺なんてマルコメーションで辱めを受けてる。
シンシア　何？
クラリス　逆に気になってしまうから。ね。
ベントー　はあ…あの、実は…。

ベントーが言葉を発した瞬間、ドアを開ける音と共に、執事のパーカーが入ってくる。
パーカーは焦りの表情を浮かべながら、

パーカー　皆様…お待たせして申し訳ありませんが…。

全員はパーカーを見た後、再びベントーを見る。

ベントー　別に構わないんで…注目しないでください…。
ポロット　ごめんな…どうしたの…？
パーカー　早急なお願いで申し訳ございませんが…お部屋の中に待機して頂きたいのです。
ビクトール　どうして？
パーカー　理由はのちほどお話致します。すぐに戻ってまいりますので…。

その場を離れようとするパーカー。

エヴリン　ちょっと待ってよ。あなた、執事？

パーカー　はい。

エヴリン　私たちは招待されてきたのよ。いきなり来られて、また待ってろなんて言われても困るわ。

パーカー　申し訳ございませんが…一刻を争いますので…皆様の危険にも関わってきますから…。

驚く全員。

パーカー　申し訳ございません。

そう言い残すと、足早にパーカーは部屋を出て行ってしまう。

困惑する全員。

ビクトール　…どういうことですか…？

シンシア　…ちょっとやだ…

クラリス　何だろう…？

ワイズナー　俺…ちょっと見てくる…。

ワイズナーは、パーカーの後を追うように部屋を出ていく。

ブラント　身の危険って…。
シンシア　え…何なのよ？　…。
ベントー　あの…。
ポロット　あ…今ちょっと後にしてくれ…。
ベントー　いや…少し思い当たる節があるんですが…。

全員の注目がベントーに集まる。

ベントー　あの…注目しないでいただけますか？
ポロット　そんな事どうでもいいから話せよ。
ベントー　あ…はい。この記事です。

ベントーの持っている新聞の前に集まる全員。

ベントー　良かった、新聞に注目が集まった。
ポロット　いいから早く読め。

ベントー　あ、はい。…昨晩、キングズ・アボット村にてソシリア婦人が何者かによって撃たれる。婦人は意識不明の重体。犯人は逃走、街の外に出た可能性は高いが、昨晩の豪雨によって逃走の痕跡を見つけるのに、困難な状態…。

ビクトール　…ひどい話ですねぇ。

全員が沈黙している。

ビクトール　でも、どうしてそれが気にかかるんですか？　全然わからないんですけど…。

エヴリン　ちょっと黙ってて。

ビクトール　え、どうして？

ブラント　隣町なんだよ。キングズ・アボットは…すぐ、そこだ。

ビクトール　…。

その場に、静寂が訪れる。
それぞれ困惑の表情を見せながら、クラリスが口を開く。

クラリス　キングズ・アボットを抜けて、最初に訪れるのは…。

ブラント　…この街だ。

クラリス　他には？

エヴリン　ないわ。来る前にきちんと調べたから。

シンシア　じゃあ…

ポロット　この屋敷に訪れている可能性はあるな。もしかしたら、この中にいることだって考えられる。

ビクトール　いや、そこまで言わなくても…。

ポロット　そうだな。これから来る人間も含まれてるとも、言えるしな。

ビクトール　いや、そういう意味じゃなくて…。

シンシア　やめてよ、そんな話。

ポロット　誰もがそう思っていながら口にしないほうが嫌だろう。

シンシア　そうだけど…。

ブラント　犯人について新しい情報はあるのかな?

ベントー　わかりませんが…今朝の新聞ですから。

ポロット　犯人が…男か女かもわからない。全員に、その資格はあるな。

ビクトール　いや、僕は違いますよ!　彼女だって!

ブラント　そういう話はやめよう。今は無駄だ。全員、そう言うよ。

ビクトール　……。

黙り込む全員。

再びその場に、静寂が訪れる。

クラリス　…招待状を見せ合うってのはどう？　彼女が言ったように…。
シンシア　そうですよね、そうしましょう!!
ベントー　いや…あの…。
ブラント　どうした？
ベントー　少し…待ったほうがいいんじゃないでしょうか？
シンシア　どうして、だってこのまま待つの嫌じゃない？
ベントー　確かにそうなんですが…犯人は銃を持っているんですよね…もしこの場で犯人がわかったら…少なくとも私は…何もできない。
シンシア　あ…。
ポロット　確かに…その通りだな。
エヴリン　じゃあ…このまま待てって言うの…。

沈黙の中、勢いよくワイズナーが部屋に入ってくる。

ワイズナー　いや、見失った!!

全員、不意の声に驚く。

ワイズナー　どうしたの？
クラリス　…驚かせないで。
ワイズナー　どうしたんだよ、急にシリアスになったりして。
ビクトール　大変なことが起きたんですよ!!
ワイズナー　大変な事？
シンシア　…驚かないでね、隣町で殺人…未遂が起きたのよ。この街に逃げ込んでる可能性があるの。
ワイズナー　そっか。
ポロット　は？　驚かないのかよ？
ワイズナー　うん。だって俺知ってたもん。
ポロット　じゃあ早く言えよ!!　知ってたんなら。
ワイズナー　あんたが言ったんだろ、世間のニュースなんてどうでもいいって。
ポロット　あ…。
シンシア　確かに言ってた。
ブラント　でも状況が状況だろ。黙って笑顔で話は続けられない。
ワイズナー　だったら帰ればいいんだよ。その方が好都合だ。
クラリス　…どういう意味？
ワイズナー　この状況が嫌なら、降りればいい。だって選ばれるのは、たった一人なんだから。
クラリス　……。

ワイズナー　俺からしたら、そっちの方が楽だからね。
シンシア　…あんた嫌な人ね。
ワイズナー　おいおい、当たり前の事だろ。善人顔したって、ここに集まってるのは過去をやり直そうなんて奴らだぜ。きれいごと並べてもしょうがないよ。

不穏な空気に、黙りこむ全員。
ポロットが納得したように、

ポロット　もしくは犯人…か。
シンシア　何でそんな事言うのよ。あなたも嫌な人…ゲジゲジ。
ポロット　俺は冷静に見つけなきゃいかんと思ってるだけだ。
クラリス　いたずらに誇張するのは良くないわ…ゲジゲジ。
ポロット　それ縛りにするんだ…。
エヴリン　…私は帰らないわ。どんな事があっても。
ビクトール　…おい。
エヴリン　部屋で待てばいいんでしょ。鍵をかけてれば問題ないじゃない。
ビクトール　待てよ。
エヴリン　何？
ビクトール　なら俺も行くから、一緒に。

頼もしい一面を見せるビクトール。

エヴリン　嫌よ…あんたが犯人かもしれないじゃない。

ビクトール　あるわけないだろ！

エヴリンは部屋の奥へ消えていく。
後を追うように、ビクトールもその場を離れていく。

シンシア　行っちゃった…。

ワイズナー　俺、悪いこと言ったんですかねぇ。

ブラント　いや、別にそうではないよ。

ワイズナー　なら、勿論俺も待たせてもらうよ。ミステリアンガーとしては、最高の一夜になりそうだから。あんた…どうする？

ベントー　私…私も行きます。

ワイズナー　じゃ行こうぜ。

ベントー　…ちなみに今のミステリアンガーという言葉も…？

ワイズナー　ないよ。

ベントー　あはははー。

無理に大きく笑うベントー。

ワイズナー　わずらわしいよ。

ベントー　…。

ワイズナー・ベントーは部屋の奥へ消えていく。

ブラント　あなたは…？

クラリス　少し…考えさせて。

ブラント　君は？

ポロット　無論、待つに決まってる。まだ犯人がいるとも決まったわけじゃないしな。

シンシア　あんなこと言っておいて…。

ポロット　お嬢ちゃんは？

シンシア　ほっといてください。

ポロット　あっそう。

ポロットもまた、部屋の奥へ消えていく。

ブラント　では…私も…。
クラリス　はい。
ブラント　彼が言ったように、まだ決まったわけではないので…。
クラリス　そうね…。

軽く会釈をし、ブラントも部屋の奥へ消えていく。
その後ろ姿を見つめているクラリス。
——その場に、シンシアとクラリスだけが残る。

シンシア　…困ったことになっちゃいましたね。
クラリス　……。
シンシア　この魚の名前を見つけるだけだったのに…。
クラリス　…そこなのよ。
シンシア　え？
クラリス　彼、少しひっかかるのよね。
シンシア　彼って？
クラリス　最後に出て行った彼。
シンシア　え？　ああ、マルコメーション？
クラリス　彼…怪しくない？

シンシア　怪しいって…犯人だって事ですか？

クラリス　そうはっきりとは言えないけど…。

シンシア　そうかなぁ…そんな大それたことできる感じに見えないですけど、ちっこいし。

クラリス　ちっこいは関係ないわ。

シンシア　でも…私は全然思いませんでした。ただの味噌好きな小男でしょ。

クラリス　あなた、結構ひどいこと言ってるわよ。

シンシア　あ、すいません。

クラリス　彼がこの屋敷に来たときの事、覚えてる？　あのゲジゲジが、「資格を持ってるなら〜」みたいなこと言ってたでしょ。

シンシア　そうですか？　全然、覚えてません。

クラリス　それじゃ会話が繋がらないでしょ。言ってたのよ。そしたら、二階から彼女たちが降りてきたの。

シンシア　ああ、そうだ！　あの性悪女。

クラリス　そう。だから結局…彼は本も招待状も見せてないのよね。

シンシア　まあ、そうですね。

クラリス　犯人は昨日の土砂降りの中、犯行に及んだ。突然の犯行なら、傘をさしながら逃げる余裕なんかないはずよね。

シンシア　あ。

クラリス　昨日の雨よ、何かのはずみで汚れる可能性は高い。むしろ綺麗な格好をしているほうがおかしいのよ。

シンシア　もしかして、あの泥のついたジャケット。

クラリス　そう…彼が犯人だとしたら…説明はつくわ。

シンシア　確かにそうですけど…でも、泥のついたジャケットの説明はついたじゃないですか。水車の前で落っこちたっていう…実際、跡も残ってたわけだし…。

クラリス　まあ…そうなんだけどね。

シンシア　それに…たまたま二階からあの性悪女が来たってだけなんじゃないかなぁ。見せようとしてたと思うんだけど…。

クラリス　思い出したの？

シンシア　何となくですけど…はっきりとは覚えてないんで。

クラリス　じゃあ、振り返ってみる。この魚で？

微笑み、水槽の魚を指し示すクラリス。

シンシア　え？　嫌ですよ、勿体無い！

クラリス　そうね。私ははっきり覚えてるわ。確かにそうだった。見せようとしてた。

シンシア　でしょ？　考えすぎなんですよきっと。あれはただの味噌好きな小男ですよ。

クラリス　ねえ、味噌はどこから来るの？

シンシア　なんとなく、イメージです。

ふと考え込むクラリス。

クラリス　私がひっかかるのはね、この魚を手に入れるためにここに来たって事なの。

シンシア　…どういうことですか？

クラリス　みんなそう、この魚が現実にあり、たった一人だけが過去を振り返ることができる。それを求めてここにきた。

シンシア　当たり前じゃないですか。それがどうかしたんですか？

クラリス　彼ね、見てなかったのよ…魚。

シンシア　…え？

その言葉に、驚くシンシア。

クラリス　ここに入ってきたときに、最初に目が行く筈だもの。だけど、それをしなかった。

シンシア　………。

クラリス　おかしいと、思わない？　目的はそこにあるのに…。

シンシア　…確かに、そうです。確かに…ええ!?

クラリス　思い過ごしだといいんだけど…。

困惑するシンシア。

――突然、部屋の外から男の声が聞こえる。

マーティズの声　ちょっと…どういうことなの!?

パーカーの声　申し訳…ありません。

マーティズの声　謝られても困るよ、だってね!!

驚き、顔を見合わせるクラリスとシンシア。

シンシア　何だろう?

クラリス　ねえ、ちょっとこっちにきて。

クラリスはシンシアの手を引っ張り、部屋の観葉植物の裏に隠れる。
息を潜める二人。
ドアの音が鳴り、マーティズが部屋に入ってくる。
後ろからパーカーも申し訳なさそうについてくる。
手にジャケットを持っているマーティズ。

マーティズ　これ可笑しいよね、絶対可笑しいよね?

パーカー　誠に申し訳ございません。
マーティズ　パーカー。折角の休暇なんだよ、明日に一人来るだけって言ったじゃないか。それが何でこんな事になる。
パーカー　それが私も突然に言付けられまして…。

マーティズは部屋の痕跡を見渡し、

マーティズ　あるね…あるね痕跡が。人の痕跡が!!
パーカー　申し訳ございません。あの後、すぐに主から連絡が入りまして、お伝えしようと思ったのですが…マーティズ様はいらっしゃらなかったもので…。
マーティズ　散歩に行ってたんだよ。折角だから!!　…上機嫌な一日を過ごそうと思ってね…それがこれだよこれ。
パーカー　はい…。
マーティズ　何なの…それでなんでそんなに人が集められる理由は？
パーカー　それは、申し上げられないのです。
マーティズ　はあ!?
パーカー　そういう決まりごとになっているのです。ですから、申し上げられません。
マーティズ　ちょっと…こんな話ってあるの？　ねえ、あるの？
パーカー　マーティズ様…これにサインを…。

パーカーは、紙をテーブルに置く。

マーティズ　何だよこれ？

パーカー　小切手です。一週間の宿泊料金、それと倍額のお金を主から言付かっております。これでなにとぞ…。

マーティズ　いらないよ!!　そんなもん。

パーカー　しかし…。

マーティズ　お金じゃないんだよ、僕はここに休暇を取りにきたんだ。帰らないよ。

パーカー　そう言われましても…。

マーティズ　帰らない。絶対、帰らない!!

パーカー　マーティズ様…。

マーティズ　部屋に入るよ。いいね…。

パーカー　部屋は…。

マーティズ　何？

パーカー　もう…ありません。

驚くマーティズ。

マーティズ　出たよ…出た。信じられない…。
パーカー　ご夕食だけは…チーズの料理を…詰め合わせです。
マーティズ　いらないよ!!　何でメインがチーズなんだよ。冗談で言っただけだろ。もう…。
パーカー　本当に…申し訳ありません
マーティズ　ったく…散々な一日だ。

溜息をつくマーティズ。
隠れながら、顔を見合わせるクラリスとシンシア。
ドアの音が鳴る。
新たに一組の男女が入ってくる。
女の名は、アーシュラ。
後ろについている男の名は、ペイトン。

ペイトン　ここで、いいのかな?
マーティズ　来たよ…来ちゃったよ。
パーカー　あなた方は…。

アーシュラは鞄から本を取り出し、

アーシュラ　資格はこれ。招待状も見せたほうがいいかしら。
パーカー　いいえ、お待ちしておりました。
マーティズ　待ってたんだ。俺もう部屋無いのに…待ってるんだ。
パーカー　マーティズ様…。
ペイトン　僕は付き添いなんだ、彼女の。問題あるかな？
パーカー　いいえ…特には。
マーティズ　付き添いには部屋あるのに、僕にはないんだね。
パーカー　マーティズ様…。
ペイトン　どうしたの？
パーカー　あ、いえ…。
アーシュラ　私たちはどうすればいい？　他の招待客は来てるのかしら。
パーカー　はい。お部屋に。事情があり、待機して頂いております。
アーシュラ　何かあったの？
パーカー　それはこの後ご説明いたします。

突然、アーシュラに話しかけるマーティズ。

マーティズ　ねえ、君たちさ…何でここにきたわけ？
パーカー　マーティズ様!!

マーティズ　いいじゃないか、別に!!
アーシュラ　…どういう意味かしら？
マーティズ　…理由を聞かせてよ。いいだろ、別に。
アーシュラ　あなたに話す理由なんてあるのかしら。
マーティズ　あるよ、おおありだよ。ないと部屋入れないんだから。
アーシュラ　意味がわからないわ。行きましょう。
パーカー　マーティズ様、いい加減にしてください。お願いしますから…。
ペイトン　君、面白いね。
マーティズ　…。
パーカー　ご案内いたします…。

部屋の奥の二階に案内しようとするパーカー。
慌てるクラリスとシンシア。
身を潜める。
マーティズはアーシュラ達に、

マーティズ　こっちは、やり直したいよ!!　今日の朝から!!　この散々な一日をね…。
アーシュラ　…ずいぶん、勿体無いことにつかうのね。
マーティズ　は？

ペイトン　いいんじゃない？　何を選ぶかは、人の自由なんだし。

二人はパーカーに促され、部屋の奥へ消えていく。

マーティズ　何なんだ…これ…何なんだよ…。

苛立ちながら、独り言を呟くマーティズ。

マーティズ　こんな最悪なことってあるか。散歩にでりゃ何も無いし、水車の前には落ちるし、泥だらけで帰ってくりゃこれだ…。

驚くシンシアとクラリス。

シンシア　え…!?
クラリス　聞いた…今の…ねえ。
シンシア　…。

頷くシンシア。
マーティズはソファーに座り、さらに呟いている。

マーティズ　着替えたくても部屋は無し…本当に散々な一日だよ。

クラリスとシンシアがマーティズの前に飛び出す。

クラリス　ねえ!!

マーティズ　うわあっ!!

驚いてソファーから落ちるマーティズ。

マーティズ　何!?

クラリス　今の話…本当なの？　ねえ？

マーティズ　何、君ら…ああ、君らも…たくさんいるんだね、招待客。

シンシア　質問に答えてください！　今の話…本当なんですか？

マーティズ　見てたんじゃないの？　本当だよ。

クラリス　そうじゃなくて、水車の前で落ちたって話！

マーティズ　本当に決まってるじゃないか!!　見てよこのジャケット!!

二人にジャケットを見せるマーティズ。

そのジャケットには、泥がついている。

シンシア　これ…。

マーティズ　疑うんなら見て来いよ。人型の穴がぽっこりできてるから…。

シンシア　ってことは…!!

クラリス　…そうね。

顔を見合わせるクラリスとシンシア。

マーティズ　…何だよ？　そんな顔して、楽しいんじゃないんですか？　貴方たちは。招待されてるんだから…！　ったく、あの執事…。

シンシア　どうします？

クラリス　とりあえず、確かめなきゃいけない。

マーティズを見つめるクラリス。

マーティズ　何だよさっきから…こっち見るなら部屋の一つにでも入れてくれって言うんだよ。

クラリス　わかったわ。

マーティズ　え？

驚くマーティズ。

クラリス　だってあなた、帰りたくないんでしょ。
マーティズ　え、まあそうだけど…。
シンシア　ちょっと、何をするんですか？
クラリス　これ、見て。

テーブルにある新聞をマーティズに見せるクラリス。

マーティズ　何？
クラリス　いいから、読んで。

新聞を読むマーティズ。

マーティズ　…え
シンシア　…そうなんです。
マーティズ　…101匹わんちゃん、102匹に…
シンシア　何処読んでんのよ！

クラリス　ここよ、ここ

マーティズ　ああ……!!　キングズ・アボットって…隣…

クラリス　そう。

シンシア　この屋敷に逃げ込んでいる可能性があるんです。

マーティズ　本当に!?

部屋の奥から戻ってくるパーカー。

パーカー　マーティズ様、先ほどは大変失礼致しましたが…

クラリス　早く私の部屋に。

マーティズ　え…でも…。

突然の言葉に驚くパーカー。

パーカー　ちょっと待ってください…何を…?

クラリス　あなたが部屋に入れと言った理由は…これでしょ?

パーカーに新聞を見せるクラリス。

パーカー　…それは…。

クラリスはマーティズのジャケットを手に取り、

クラリス　早く。あなたに渡すものがあるし、これからの事は説明するわ。
シンシア　じゃあ…。
マーティズ　何を？
クラリス　あなたも一緒に探すの、この魚の名前を。

驚くマーティズ。
舞台、ゆっくりと暗くなっていく。

ACT 2

舞台明るくなると、光の中にパーカーが立っている。
パーカーは、テーブルに置かれてある二つの蜀台のろうそくに火をつける。

パーカー　…お待たせ致しました。

その光と共に舞台明るくなると、全員がその場に集まっている。
手にグラスを持っている全員。
グラスの中には、ワインが入っている。

パーカー　主からのメッセージです。

厳かに書状を開くパーカー。

パーカー　この本に隠されていた唯一の場所。それを見つけた皆さんに出逢えたこと、大変嬉しく思う。きっと皆さんの目の前に現れているであろう、オンリーシルバーフィッシュも…。

ゆっくりと水槽を見つめる全員。

パーカー　この中から、たった一人の人間が、過去を振り返ることができる。それは私から約束しよう。勿論、信じるか信じないかは、皆さんの自由だが。まずは、私から皆さんへの乾杯を宣言しよう。言葉を発するのは、執事のパーカーだが…。

ワイズナー　じゃあ、やっていただきましょうかね。

パーカー　あ、はい。それでは…。

ポロット　いよいよ始まるな。

ビクトール　はい。

だがパーカーは、中々言おうとしない。

ブラント　どうしたんだい？

パーカー　あの…主っぽい雰囲気の乾杯と、私なりのオリジナリティ溢れる乾杯と、どっちがいいでしょうか…？

ポロット　どっちでもいいよ。たいして変わってないし。

パーカー　あ…。

ブラント　じゃあ、主っぽい雰囲気で。

　　パーカーは精一杯の声を絞り出して、

パーカー　それでは…乾杯!!

　　突然、舞台は暗くなる。
　　クラリスとマーティズだけに光が当たる。
　　――それは、つい今しがた、二人の回想。

マーティズ　それじゃ、あの魚の…。
クラリス　そう。名前を見つける為に私たちは集まった。
マーティズ　パーカーから聞いたけど、本当の話なんだね。
クラリス　本当かどうかはわからないわ。勿論、信じてはいるけど…。
マーティズ　この本は？
クラリス　私たちはその本の謎を解いたの…隠されたキーワードから、この魚の場所を見つけたわ。
マーティズ　それがここにいる人たち？
クラリス　そう。作者に手紙を書いたの、そして私のもとには一通の招待状が送られてきた。資格を手に入れたってね。

マーティズ　なるほど…。
クラリス　あなたはその本の中身を知らない。だからなるべく余計なことは言わないで。
マーティズ　大丈夫かな？
クラリス　大丈夫、フォローは私たちでするから。
マーティズ　…わかった。

場面は乾杯の瞬間に戻っていく。
楽しそうに歓談している全員。

ワイズナー　新しい、招待客だ。
ペイトン　遅れてしまって申し訳ない。乾杯に間に合って良かった。
ビクトール　あなたも、ご夫婦なんですか？
アーシュラ　いえ…婚約中ですけど。
ビクトール　いや、いいですよ、結婚は。とってもいい。
エヴリン　みっともないことしないで。
ブラント　よろしく。
アーシュラ　…よろしく。
ベントー　…。

ブラントと握手をするアーシュラ。
近くにいるベントーと目が合い、

アーシュラ　よろしく。

ベントー　あ…よろしく…お願いします。

シンシアはマーティズに演技をしながら、

シンシア　あなたも、新しい招待客ね。

マーティズ　え？　ああ、よろしく。

シンシア　自己紹介は、今からだから。それまではしないという約束だったものね。

マーティズ　え、そうなんだ…よね。そうそう。うまいね、このワイン。

ワインを飲むマーティズ。

マーティズ　あ、これ本当うまい。

立て続けに飲むマーティズ。
ポロットやワイズナーがそれを見て笑い、

ポロット　あんたいくね！
マーティズ　あ、あざーす。
シンシア　めちゃくちゃ飲んでますよ。
クラリス　ねえ。
ワイズナー　じゃあ、俺も飲んじゃうかな。
ポロット　灰色の脳細胞に…。
ワイズナー　何それ？
ポロット　いいから、乾杯。
三人　乾杯。

乾杯し、立て続けに飲んでいるマーティズ。

シンシア　大丈夫ですかね？
クラリス　常に私たちは、彼から目を離さないこと。
シンシア　はい。
マーティズ　解いたね謎!!　あんた解いちゃったねー。
シンシア　若干、酔っ払ってますけど。
クラリス　もう…。

ベントーは、パーカーに新聞を見せながら小声で、

ベントー　あの…。
パーカー　はい。
ベントー　この、新聞記事の事なんですが…。
パーカー　その件に関しましては…後ほど、お話いたしますので…。
マーティズ　何の話してるんですか⁉
ベントー　あ、いえ…。

ビクトールが男たちの輪に加わる。

ビクトール　僕も、頂いちゃっていいですか。
ワイズナー　勿論、ただ…ワインに毒を盛られないように気をつけて。
ビクトール　どういう意味ですか？
マーティズ　いいから、早く飲めよ。
ワイズナー　それじゃ、
ポロット　乾杯!!

突然、舞台は暗くなる。
クラリスとマーティズだけに光が当たる。

クラリス　…もう一人いるの。

マーティズ　泥だらけのジャケットを持った人が？

クラリス　そうよ。あなたと同じように、水車の前で落ちたと言っていた。

マーティズ　いや、落ちたのは僕だよ、間違いなく。

クラリス　だからよ。だったら彼はどうして嘘をつく必要があるの？　おかしいじゃない。

マーティズ　確かに…。

ブラントを見つめるクラリスとマーティズ。
場面はパーティに戻っていく。
ワインを飲んでいる全員。

ビクトール　いや、うまいですね、これ。

マーティズ　だろ、最高だよな。いく、もう一杯いく？　いっちゃうの？

どんどん飲んでいるマーティズ。

シンシア　…あれ、若干調子に乗ってますよね。
クラリス　余計なこと言わなきゃいいけど。
ポロット　あんた、本当にいける口だね。
マーティズ　いくよーこの調子で当てちゃうよ。あの…。
ポロット　オンリーシルバーフィッシュ。
マーティズ　そう、それ。しかし綺麗だよね、これ。ロンリーシルビアクリステル。
ポロット　…いや、何もあってないよ。
マーティズ　そう？　まあ、気にすんな、ゲジゲジ。お前悪くないよ。
ポロット　うん、俺は悪くないよ。
シンシア　…あれ駄目だ。
クラリス　行こう。

マーティズを助けようとする二人にエヴリンが声をかける。

エヴリン　あなたたち…。
二人　えっ…。
エヴリン　随分と仲がいいのね。
シンシア　そ、そうですか？
クラリス　ねえ…。

エヴリン　何か…変じゃない？
ペイトン　何が変なんですか？

その輪に入ってくるペイトン。

シンシア　あ…。
ペイトン　よろしく。たった一晩だけの付き合いですが、楽しみましょう。ほら。

ペイトンは目線でアーシュラを促す。

クラリス　どうも…。
アーシュラ　…。

静かに会釈をするアーシュラ。

ワイズナー　あんたも、飲まない？
ベントー　私は、お酒のたぐいは苦手でして…。
ワイズナー　いいじゃない、記念の日だよ。この中から、一人だけ選ばれるんだ。
ビクトール　そうですよね、この魚。ドンウォリー滝川クリステル。

ポロット　馬鹿にも程がある。
マーティズ　…なんとなく、クリスタルだな。
ポロット　お前ら狂ってる。
ワイズナー　乾杯しようぜ。
ベントー　いや、申し訳ない。本当に、飲めないんです…酔いも早いし。
ワイズナー　いいじゃない、ほら。
アーシュラ　…別にいいんじゃないですか？　飲みたくないんだから。
ベントー　……。
ワイズナー　そう？
アーシュラ　別に遊びに来たわけじゃないんだし…。
ベントー　すいません。
ワイズナー　女性に言われたんじゃ、引き下がるしかないな。
マーティズ　何言ってんだよ!!　飲めよこのやろう、飲めよ。

酔いが回ると妙にたちの悪いマーティズ。

シンシア　あの野郎…。
クラリス　…あんだけ自分の立場がわかってない人も珍しいわね。
マーティズ　早くしろよ、見てるぞ！　あのサミーデービスジュニアも!!

ポロット　ラッパ吹いちゃった。

　　ブラントがベントーのグラスを手に取り、

ブラント　では、私が代わりに飲もうじゃないか。

ワイズナー　おお、グラスを受け取る、それが紳士の流儀だね。

ブラント　…全くだ。

ベントー　では私はお水で…。

ポロット　それじゃ改めて、

　　舞台突然に暗くなる。

　　シンシアとクラリス、マーティズに光が当たる。

　　ブラントを見つめている三人。

シンシア　そう……髪の短い、小男。

クラリス　比較的、落ち着いた紳士を装ってるわ。

マーティズ　…ん、何が？

　　何故かマーティズは酔っている。

シンシア　ここは酔うところじゃない!!

マーティズ　え、ああ…そうか。

クラリス　…あの人が何をもってここに来たのかわからないけど、選ばれた人間でないのは間違いないわ。あなたと同じように。

マーティズ　犯人…。

マーティズはブラントを見つめる。

クラリス　…それもまだわからないわ。だから、私たちがそれを暴くの。

場面は男たちの乾杯に戻っていく。

男たち　乾杯。

飲もうとするが、舞台突然に暗くなる。
シンシアとクラリス、マーティズに光が当たる。

シンシア　でも、やっぱり…危険じゃないですか。

マーティズ　そうだね。
クラリス　それは確かにそう…ね。

場面は男たちの乾杯に戻っていく。

男たち　乾杯。

またも飲もうとするが、舞台突然に暗くなる。

クラリス　だから、なるべく安全な形になったら、皆に知らせるわ。
マーティズ　そうだね。
シンシア　荷物も奪わなきゃ。銃を持ってる可能性もあるし。
マーティズ　じゃあ引きつけるのは俺がやることにする。親しくなればいいんだね。
クラリス　下手にやったらあなたが疑われる。気をつけてね。

場面は男たちの乾杯に戻っていく。

男たち　か…。
ワイズナー　ちょっと待って…なんかゲンが悪い気がするんだよな。

ブラント　さっきから、私は一杯も飲んでない。
ポロット　この流れを変えたい。飲める流れ。

ペイトンがその場によってきて、

ペイトン　じゃあ僕がやりますよ。
ビクトール　お、いいですね。
ペイトン　それじゃ今度こそ男たちの夜に、
男たち　乾…!!

舞台突然に暗くなる。

シンシア　あ、荷物を取ったとしても、彼が懐に銃を忍ばせている可能性があるわ。
マーティズ　そうだね。
クラリス　なんとか…確認できないかな。
マーティズ　じゃあそれも、できればやってみるよ。

場面は男たちの乾杯に戻っていく。

男たち　…。

ポロット　なんなんだいったい…。

ベントー　さっきから肘がプルプル笑っています。

ペイトン　…すいません。

マーティズ　この役立たずがよー!!　くそが!!

ペイトン　…なんか納得できない。

ブラント　君はまだいいよ。私なんかあんだけ颯爽と出てきてまだ一杯も飲んでない。

ペイトン　それは格好悪いですね。

ブラント　…。

マーティズ　どいつもこいつも、水差しやがってよ。

ワイズナー　じゃああんたがやってくれ。

マーティズ　え？　俺…何で？

ワイズナー　いいから、ちょっとやってみてくれ。

ポロット　これで流れが変わるぞ。気持ちよく飲める。それじゃ！

マーティズ　改めて!!

舞台突然に暗くなる。

マーティズ　あ、でもパーカーは大丈夫かな？　僕を招待客としておいてくれる？

クラリス　それはこっちで何とかするわ。
シンシア　身の危険がかかってるんだもん。わかってくれるわ。
マーティズ　そうだね。

舞台、乾杯に戻っていく。
男たちのいたたまれない表情の中、さらりと飲み干すマーティズ。

マーティズ　おいしい。あ、乾杯。
男たち　……。
マーティズ　君もどうだい？　パーカー、一杯ぐらい。
パーカー　いえ、私は…結構です。
マーティズ　いいじゃん、固いこと言わないでさ。
クラリス　あなたもどう、折角なんだから。
エヴリン　そんな気分じゃないわ。まだ犯人の事もはっきりしてないのに。違うの？　ねえ、あなた違う？
シンシア　…そうですけど…私、前世で何かしました？
エヴリン　…。

そっぽを向くエヴリン。

シンシア　…見事なしかとですね。
アーシュラ　…ちょっと？
クラリス　何？
アーシュラ　今の、どういうことですか？　犯人って言うのは…。
シンシア　それは…。

ベントーはアーシュラに新聞を渡し、

ベントー　あ…これのこと…です。

アーシュラは新聞を読み、驚いている。

ペイトン　どうしたの？
アーシュラ　ちょっとこれ…ねえ!!
パーカー　…今、私からお話いたします。皆様。乾杯もそこそこですが、聞いていただきたい事がございます。
ポロット　やっと始まるね。
ブラント　…結局私は飲んでいない。

パーカー　まず、昨晩キングズ・アボットにて起こった事件について、話さなければなりません。

エヴリン　そんなの、もうみんな知ってるわ。私たちが知りたいのは、犯人がどこに行ったかという事だけ。

パーカー　…。

ワイズナー　俺たちはミステリストだぜ。舐めてもらっちゃ困る。

ポロット　そういうこと。わずらわしいのはさっさとクリアにして本題に入りたいんだ。

パーカー　…そうですか。では、単刀直入に申しますと、この先のニューアベレーで、先ほど不審な男が逮捕されたとの事です。

ビクトール　おお!!　良かった。

喜びの声をあげる全員。

パーカー　万が一と言うこともありましたので、状況が摑めるまでお待ちいただいたのですが、犯人だと思われます。ご心配をおかけしました。

舞台、突然に暗くなる。

クラリスとマーティズ、シンシアに光が当たる。

クラリス　…そういう風に、言ってもらうことにするわ。

マーティズ　どうして？

クラリス　犯人に不審に思われない為と、安心を誘うため。

シンシア　わかった。

場面はパーカーの報告に戻っていく。

ワイズナー　なんだか、拍子抜けだね。

ブラント　…そのようだ。

シンシア　よ…良かった。

ビクトール　じゃ、安心と共に夕食とでも行きたいですね。

ベントー　はあ…。

突然、声を荒げるアーシュラ。

アーシュラ　ちょっと待ってください！

全員、アーシュラに注目を集める。

アーシュラ　おかしいわ。犯人と思われるだなんて。確証が取れなきゃ、意味がないじゃない。

エヴリン　…私もそう思ってる。

アーシュラ　招待状を確認しましょう。全員の素性がわからなければ、始められないわ。

顔を見合わせるクラリスとシンシア。

マーティズ　い、いいんじゃないの。そんな几帳面にやらなくても。捕まったんだし。

エヴリン　捕まってないわ。まだ確認が取れてない。勿論、あなたもね。

マーティズ　…まあ、そりゃそうだけど。

クラリス　あなたもそうじゃない。誰も招待状は見せてないわ。

エヴリン　だったら私は賛成するわ。

アーシュラ　申し訳ないですけど、団欒にも興味はないわ。あるのは、この魚だけだから。

ワイズナー　部外者ははじくって事でいいのかな。なら君の彼も同じだけどね。

ビクトール　確かにそうだ。そうだよ。

ポロット　おまえもな。

ビクトール　確かに。

アーシュラ　全員…確認が取れるなら、それでも構わないわ。

ワイズナー　フェアーだね。

ペイトン　ま、最初からそのつもりですから。

ビクトール　どうする？　やばいよ。

エヴリン　黙ってて。

意見のまとまらない中、ブラントはパーカーに近寄り、

ブラント　君に決めてもらったほうがいい。
シンシア　ど…どうするんですか？
パーカー　ここで皆様の言うとおり確認をとっても構いませんが、それは皆様の為にはならないと思われます。隣町の不意な事件のせいで…。
ベントー　どういうこと…ですか？
パーカー　時間が勿体無いということです。皆様にとっての…。
クラリス　…時間？
パーカー　招待状は、この後皆様からお預かりいたします。ですが、我が主は招待状に同伴を許した。初めから…あえて、です。
ブラント　わかるように、説明してくれないか？
パーカー　主からのメッセージをお伝えいたします。

ゆっくりと書状を読み始めるパーカー。

パーカー　――このメッセージを読むまでの間にここに集まった皆へ。私が魚の名前を教える一人

をどのように選ぶか、それがあなた方にとって一番興味があることでしょう。そしてどのような形を取っても、皆はその取捨選択に納得することもないでしょう。…だからこそ、私はこの形を取りたいと思う。あなた方には、自分以外の誰かを推薦して頂きたい。

ワイズナー　え…。

驚く全員。
パーカーは読み続けていく。

パーカー　――そして一番推薦者の多かったものこそに、あの魚の名前を知る権利を与えよう。それが今宵、皆様に与えられた唯一のルールだ。

全員　……。

全員、驚きのあまり声も出ない。

パーカー　――パーカーがこのメッセージを伝えている今この瞬間、皆さんは驚きのあまり、声も出ないことだろう。

ポロット　ちょっと待てよ。

ワイズナー　そりゃどう考えてもおかしいだろ。

マーティズ　何でそんな決め方…。

パーカー　――そして今はきっと、誰かが口火を切った瞬間に、不満が出ている事だろう。だがこれこそが正当な一人を選ぶ方法だと私は断言する。

クラリス　どうして？　…だって、ここには招待されていない人間もいるわ。

シンシア　そうですよ。そんなのおかしい。

エヴリン　それについて、教えて。同伴者は許すのかどうか。

ワイズナー　許されるわけはないだろ。

アーシュラ　でも、あえて同伴者は許したと言ってたわよね。

ベントー　それは…つまり、同伴者も認めるという事…ですか。

ブラント　パーカー、どうなんだ？

パーカーは書状を読み続ける。

パーカー　――今きっと皆さんは、同伴者についてさまざまな議論がなされていることだろう。人は窮地に立たされた時ほど、わかりやすい反応をするものだ。

エヴリン　ふざけないで。

ブラント　遊んでいる時間はないんだ。

パーカー　――私がそう言えば、今度は怒り出す。

ビクトール　馬鹿にするんじゃない。

パーカー　――更に怒り出す。

ビクトール　いい加減に…。
ペイトン　やめとこう。
ビクトール　どうして？
ペイトン　…向こうの思う壺だよ。
パーカー　――私はその場にいないが、皆さんの反応は手に取るようにわかるものだ。
クラリス　読むのを続けて、パーカー。その人の余興はたくさんだから。
パーカー　――そろそろ、気付いて先に進めると言うところだろうか。
ポロット　何処までも馬鹿にした野郎だな。
マーティズ　マリモ!!
全員　……。
マーティズ　マリモ!!
ポロット　…何でマリモなの？
マーティズ　これであいつの思惑通りには進まないだろ、任せとけ。さあどう返してくる!?

困惑するパーカー。

ポロット　…そもそも会話として成立してないでしょ。マリモじゃ。
クラリス　パーカー、続けて。
パーカー　――マリモとくるとは思わなかった。

全員　え？

ワイズナー　え？　書いてあんのか⁉　マリモって書いてあんのか？

パーカー　あ、いえ…今のは私の感想です。

ポロット　余計なこと言わなくていいんだよ‼　今‼　緊迫してるんだから‼

パーカー　あ、すいません。

アーシュラ　…続けてください。

パーカー　はい…。

気を取り直し、書状を読み始めるパーカー。

パーカー　――皆さんが気にしている同伴者も、認めることとする。

ビクトール　よっし‼

ワイズナー　おい…。

シンシア　…どうして⁉

パーカー　――この場にいる全員を、資格があると認めよう。

ベントー　ちょっと待ってください。理由を、理由を聞かせてください。

パーカー　――ここで焦って理由を問いているようでは、この先が思いやられる。

ワイズナー　いい加減にしろよ。

パーカーの腕を掴むワイズナー。

パーカー　そう…書いてあるのです。
ワイズナー　くそ…。
クラリス　何か…嫌な感じね。
ポロット　覚悟の上だよ。ここに来たときからな。
パーカー　続けます…。

読み続けるパーカー。

パーカー　——皆さんは、難問を解いてここまできた偉大なるミステリストだ。考えてもらえれば、すぐわかると思う。
全員　…。

黙りこむ全員。

パーカー　——わからなければ、パーカーに聞くことになるが。
アーシュラ　…簡単でしょ。
ビクトール　どうしてですか？　全然、わからない。

ポロット　手を組むしかないってことさ、そうしないと、あんたらには勝てないだろ。

クラリス　駆け引きを見たい、ということね。

ブラント　パーカー、続きを。

パーカー　——この場に同伴者がいる以上、票が同一であるはずがない。ならば手を組むしかないと言うことだ。どんな手を使っても…自分の過去を振り返りたいならば。

ベントー　そんなの…ふざけてます…。

パーカー　——夜の12時に、一度開票したいと思う。そこで、半分に絞り込む。手順は全てパーカーに従うように。残ったもので、推薦を繰り返し続けよう。最後の一人になるまで。

エヴリン　…名前はいつ教えてくれるの？　それを教えて。

ポロット　黙ってりゃ、そいつが言うさ。

パーカー　——開票は明け方に。明日、私が選ばれた一人に、魚の名前を教えよう。その寂しいオンリーシルバーフィッシュの名を。

全員　………。

　黙りこむ全員。

パーカー　——さあ、時間がない。皆さん、始めよう。リビングで、コーヒーを片手に絞る知恵など、私は認めない。本当のミステリは、窮地に陥った時にこそ最高のものになる。頭のいい皆さんの事だ、面白い結果になることを、期待している。

全員　………。

パーカー　…以上です。

顔を見合わせる全員。

舞台ゆっくりと暗くなっていく。

ACT 3

場面変わると、一つの光。
水槽を見つめているクラリスがいる。
――一つの回想、彼女のある場面。
水槽は窓であり、彼女の部屋でもある。
一人の男が入ってくる。
名を、ヒューズ・マッシー。

ヒューズ　奥様…。
クラリス　どうしたの?
ヒューズ　こちらを…。
テーブルに書類を置くヒューズ。
それを手に取り、見つめるクラリス。

ヒューズ　サインをするのであれば、後の事はお任せください。

クラリス　…。

ヒューズ　何処か旅行にでもとお思いでしたら、それも手配いたします。

クラリス　…旅する場所は、もう決まってるの。

ヒューズ　…え？

クラリス　だって私、謎を解いたから。

ヒューズ　…どういう、意味ですか？

クラリス　うぅん。

窓の外を見つめるクラリス。

クラリス　ねえ…きっと私は、今の気持ちを忘れないと思うわ。

ヒューズ　奥様…。

クラリス　どれだけ幸せに満たされようとも、きっとこの感情は忘れない。何故か…わかる？

ヒューズ　…いいえ。

クラリス　人への想いはね、天秤にかけられるからよ。決して並行にはならない、残酷な天秤のね。

ヒューズ　…。

クラリス　サインは、帰ってからにするわ。そう伝えてくれる？

ヒューズ　お力になれず…申し訳ありません。

書類を渡すクラリス。

受け取り、一礼をしながら部屋を出て行くヒューズ。

★

場面は、部屋へと移り変わっていく。

そこに入ってくるマーティズ。

マーティズ　何か…あった？

クラリス　あ、うぅん。

マーティズ　何だかわからないけど、ややこしくなっちゃったね。

クラリス　そうね。

マーティズの後ろには、シンシアがいる。

シンシア　一応、相談できる人見つけてきました。

クラリス　気付かれなかった？

シンシア　たぶん、大丈夫だと思いますけど…。

クラリス　で、誰？

入ってくるのは、ベントーである。

ベントー　…話は、聞きました。
クラリス　あなた…。
シンシア　駄目ですか？
クラリス　…ううん。
ベントー　初めての大役に…いささか緊張しております。
マーティズ　とりあえず、座ろうか。

ソファーに座る四人。

ベントー　しかし私に話したところで…何もできないと思います…。
クラリス　とりあえずの話。時期を見て、皆にも話すわ。
シンシア　あのゲジゲジと眼鏡、性格悪いものね。確かに頭は切れるけど…。
クラリス　新しい夫婦は来たばっかりだし…
ベントー　あ、いや…まだ婚約中だと、言ってました。
クラリス　そうだったわね。で、あの…
シンシア　性悪女は信用できません…。
クラリス　だしね…。

ベントー　あの…執事の方が言ってた…犯人は捕まったというのは…。

クラリス　勿論、嘘。とりあえず、警戒されないように、言ってもらったのよ…。

ベントー　やっぱり…でも、そんなに悪い人には思えないんですが…。

シンシア　騙されちゃ駄目ですよ。それがミステリの醍醐味なんだから。

ベントー　はあ…。

マーティズ　拳銃を持ってるかどうかの確認…それはやんなきゃね。僕が…。

クラリス　危ないから、一緒に行動しましょう。

ベントー　私は…こう腕っ節のほうはからきし…

マーティズ　心配ないよ。僕の腕見てほら、これどう考えても虚弱タイプだよ。

シンシア　自慢になってないわ。

ベントー　もし、持っていたら…どうします？

クラリス　じゃあ、三人でうまくできる？

マーティズ　わかった。

シンシア　私…大丈夫かな。

マーティズ　心配ないよ。僕の腕…

シンシア　もうわかった。

クラリス　一つ、提案があるの…。

マーティズ　何？

クラリス　可能性はゼロじゃないけど…もし彼が犯人だとしたら、本を読んでる可能性は低いわ。

ベントー　…そうですね。
クラリス　何となく振ってみるのはどう？　結末とか…どの登場人物が好きとか…。
シンシア　それ、いいですね。
マーティズ　わかった。やってみるよ。

頷くクラリス。

クラリス　私はパーカーに言って、何か対抗できるものがないか探してみる。
ベントー　まだ決まったわけじゃないですが…少し、怖いですね。
シンシア　…ね。
クラリス　ただの偶然であることを祈りましょう。
マーティズ　あ、さっきそれを思っていたの？
クラリス　何が？
マーティズ　水槽、見てたじゃない。
クラリス　…まあ、そんなとこね。
マーティズ　嘘。君はそうではなかった。君はきっと、振り返りたい過去を思い出してたんだ。
クラリス　…。
マーティズ　どう？　今の、ちょっと名探偵っぽくなかった？

微笑むクラリス。

シンシアも思い出したように、

シンシア　ああ…それも、あるんだ…。私、たぶん…無理です。誰かに選ばれるわけがない。

ベントー　それなら、私も…同じです。

クラリス　みんな同じよ。

マーティズ　俺は結構自信あるけどな。

クラリス　あなた直接関係ないじゃない。

マーティズ　あ…。

溜息をつきながら、本を見つめるシンシア。

シンシア　はあ…折角ここまで来たのにな…。

ベントー　あの…あなたもこの本を…。

シンシア　え？　あ…もう正直言っちゃいますけど…私が解いたんじゃないんです。教えてもらったんです…目の前で解いてもらって…。

クラリス　あなたの、彼？

シンシア　あ、はい…。

クラリス　頭のいい人ね。

シンシア　そうなんです…私よりずっと…でも、ここには一人で来なきゃいけないから…どんなことがあっても…。

ベントー　…振り返りたい、過去か。…あ、失礼だったら申し訳ない。

シンシア　あ、全然…。

クラリス　あなたは…何を変えたかったの？

シンシア　あ、私は…

マーティズ　そんな話今してる場合じゃないよ！　もう。

クラリス　あ、そうね。私、パーカー探してくるわ。また、後で…。推薦人のことは、また後で話しましょう。

シンシア　あ、はい。

クラリス、部屋を出ていく。
その場に残る三人。

シンシア　…犯人じゃないといいなぁ。怖いもの。

ベントー　うん、私はやっぱり…。

マーティズ　まだ言ってんの？　ジャケット泥だらけなんだよ。

ベントー　でも最初に疑われる容疑者は…結局いつも違うんじゃないかと…あくまで、ミステリの話ですが…。

シンシア　まあ…確かにそうね…。

ベントー　得てして…一番疑われないような人の方が…。

マーティズ　例えば？

——ベントーはしばらく考えた後。

ふとクラリスの去った方向を示しながら、

ベントー　彼女…とか…。

シンシア　…微妙に…

マーティズ　深いとこついてくるね…。

ベントー　いや、あ、例えばの話ですよ。私がそんな事を言ってたなんて言わないで下さい。

シンシア　大丈夫よ。

マーティズ　他のみんなは、何してるのかな？

ベントー　それぞれ…部屋に入られてました。

シンシア　動きはきっと…ありますよね。

マーティズ　さて、じゃ…頑張るとしますか。

ベントー　きっと…動きも激しいでしょうね…ミステリストたちですから。

音楽。

部屋を出ていく三人。

★

場面変わって、ワイズナーとポロットの相談。

向き合っている二人。

ワイズナー　…推薦人の話。

ポロット　考えてる事は、同じみたいだな。

ワイズナー　誰かと手を組まなきゃ、この戦局は乗り切れない。少なくとも、ここであんたに人望はないからね。

ポロット　それはあんたも同じだろ。

ワイズナー　…誰かに仕掛けるとするなら？

ポロット　どう考えても同伴者コンビだな。

ワイズナー　同感だね。

ポロット　あんただってそのつもりできたんだろ。

ワイズナー　じゃ、やっぱり…。

二人は歩み寄り、握手をする。

二人　手を組むとしますか。

お互い、そのまま進行方向に歩き出す。
ワイズナーの方向に、エヴリン、ビクトールがいる。
ポロットの方向に、アーシュラ、ペイトンがいる。
二人はお互いに向かって、

ポロ・ワイ　俺と手を組まないか？

驚くそれぞれのカップル。

ビクトール　どういう事…ですか？

ワイズナー　簡単な事だよ。あんなに人数いたんじゃ、面倒くさいだろ。だからさらっと絞り込みたいと思ってさ。

エヴリン　それで…？

ワイズナー　俺の票はあんたにやるよ。その代わり、あんたの一票はもらいたい。

エヴリン　…信用できる保証がないわ。

ビクトール　そうですよ、それにその一票は僕が…

ワイズナー　あんただってもう、わかってるんだろ。このままじゃ、あんたに勝ち目はない…同伴者がいてもな。

エヴリン　…。

場面は突然、移り変わる。

ポロット、アーシュラ、ペイトン。

アーシュラ　…無記名投票か、どうか。

ポロット　やっぱり気づいてたな。もし推薦人の投票が無記名でなかった場合、あんた達はそれぞれに一票ずつしか入れることができない。同伴者がいる君らに他の誰かが一票を与えるとは思えないからね。つまり、潰しあいだ。

ペイトン　…確かに、そうだね。だから君が…

ポロット　そう。俺の一票はやるよ。その代わり、あんたの一票をもらいたい。

アーシュラ　目的は?

ポロット　このままじゃ一票も入る自信がないからな。どうだ?　悪い話じゃないと思うぜ。

ペイトン　…どうする?

アーシュラ　…。

ペイトン　なら僕から一つ聞きたいんだけど、もし投票が無記名だとしたら…その時はどうする?

ポロット　それは勿論…。

場面は突然、移り変わる。

ワイズナー、エヴリン、ビクトール。

ワイズナー　勿論、無記名投票だった場合、今の話は完全に無しで構わない。そうだろ、みんな自分で自分の名前書いて、好きに入れるさ。あんたらは無条件で二票を獲得する。それで問題ないだろ？

ビクトール　うーん…僕なりに考えてみたけど…悪い話じゃないよね。

エヴリン　いつ考えたのよ。

ビクトール　だって、どっちにしても二票入るんだから、その方がいいじゃないか。

エヴリン　なら…こっちからも条件を出させて。

ワイズナー　なんだい？

場面は移り変わる。

ポロット、アーシュラ、ペイトン。

ペイトン　もし無記名だった場合だとしても、君は彼女に一票をくれる。それが条件だ。

ポロット　どうして？

ペイトン　それくらいリスクをしょわなきゃ、こっちだって信用もできないだろ。普通の事だと思うけど。

ポロット　…同伴者のわりに、頭は切れるんだな。

ペイトン　どう？　これで…悪い話じゃないと思うよ。

アーシュラ　…それで、構わないわ。

場面は移り変わる。

ワイズナー、ビクトール、エヴリン。

エヴリン　もし無記名で開票して、私に三票入っていなかったら、あなたに持ちかけられた話を全てみんなに話すわ。あなたの信用は完全になくなる。

ワイズナー　言うね。

エヴリン　あんたが言ったのと同じように、私もここ以外に票が入る気はしないから。

ビクトール　そんな事ないよ。人気者だよ。

エヴリン　黙って…。

ワイズナー　うーん…。

エヴリン　どう、無記名でなかった場合、あなたの条件を飲むわ。その代わり無記名だったらこっちの条件を飲む。答えを聞かせて…。

ワイズナー、ポロット、その場で悩みこんだ後、

二人　わかった。

音楽。
それぞれの方向へ、歩きだしていく。

★

部屋にブラントが入ってくる。
水槽に近づき、魚を見つめているブラント。

ブラント　……。

その場に入ってくるマーティズ。
手には、グラスとワインを持っている。

マーティズ　あ、あの…。
ブラント　君は確か…。
マーティズ　あ、マーティズです。さっきはろくに挨拶もできず…。
ブラント　しょうがないよね、あの状況じゃ。
マーティズ　だから、もし良かったら…飲み直そうと思って…駄目ですか？
ブラント　勿論、付き合うよ。
マーティズ　本当ですか。良かった。

ワインを注ぐマーティズ。
グラスをお互いに傾け合い、

二人　乾杯。

そこにシンシアとベントーがわざとらしく入ってくる。

シンシア　ああ…飲み直したいですね。
ベントー　そうですね…何故かとっても飲み直したい気分だ。
シンシア　え、そうなんですか⁉　すごい、偶然…！　じゃ、飲みます？　え…あ、あなたたちもですか⁉　ワーオ、びっくり、偶然ですね‼
ブラント　…どう見ても偶然には思えないんだけど…。
マーティズ　…そんな事、ないんじゃないかなぁ。

二人を睨みつけるマーティズ。

シンシア　あの、その…。
ブラント　まあいい、飲みたいなら付き合うよ。一緒に飲もうじゃないか。

シンシア　すいません…。

ソファーに座るシンシアとベントー。
ブラントがシンシアにワインを注ぎながら、

ブラント　とんでもないことに、なったね。
シンシア　そうですね…。
ブラント　あなたはもう、決めた？
ベントー　え？
ブラント　だから、誰を推薦するか…。
ベントー　あ、いや…まだです。
シンシア　難しいですよね…。

微笑み、ベントーにグラスを注ごうとするブラント。

ベントー　いや、私は飲めないので、結構です。

シンシアとマーティズはベントーを殴る。

ベントー　あ…!!
ブラント　飲み直しに来たんじゃ…なかったのかい？
ベントー　あ、私…本当にすぐ酔ってしまうものですから…だから、少量…という意味です。
ブラント　…そっか。じゃ…このくらいで。

ワインを注ぐブラント。

ベントー　ストップ。
マーティズ　…ほとんど入ってないよ。
ベントー　本当に駄目なんです。酔いもものすごく早いし…。
ブラント　だからさっきも飲んでなかったのかな?
ベントー　あ、はい…。
シンシア　じゃあ、もうちょっとだけ…。
ベントー　あ、ストップ。…ストップ。ストップ。

ワインをなみなみ注いでいるブラント。
グラス一杯になる。

ベントー　…世間では、これを「なみなみ」と言います。

マーティズ　まあ、いいじゃないですか。

ブラント　それじゃ、えっと…ここで乾杯の音頭を。えー今日という出会いを…

マーティズ　乾杯!!

ブラント　……。

マーティズ　どうしたんですか?

ブラント　いや…。

シンシア　ちゃんと飲んでね。

ベントー　あ、はい。

雷の音が鳴り響く。
雨音が強くなっていく。

シンシア　やだ…。

マーティズ　すごい…雨ですねぇ。

ブラント　不思議な夜になったものだねぇ…どうしたの?

シンシア　あ…いや…。

マーティズ　もともとこんな魚がいるんですから、不思議もくそもないんじゃないかな。

シンシア　改めて思うけど、本当かなぁ…。

ベントー　何が…ですか?

シンシア　過去を振り返れるって話。ほら、この本では、結局ね…。

三人、ブラントをじっくりと見る。

ブラント　どうしたの？
シンシア　あ、いや…。
ブラント　…本当だね。だからこそ、我々はロマンを求める。
ベントー　どちらとも…取れる…。
ブラント　何？
シンシア　あ、あなたは…どの登場人物が好き？　ほら、この本の…。
ベントー　私は…そうだなぁ。弁護士…かな。頭は切れるんだけど、少し抜けていて…独特で…。
シンシア　そっか。私はね…ほら、親友の彼女。いきなり屋敷に来て、フィアンセにされてしまう…。
ブラント　どうして？
シンシア　ほら…強くて行動力があって…言いたいこと言って、私とは正反対だから。
ブラント　そっか…。
シンシア　次…あなたは？
マーティズ　え、いやあの…僕は…。

必死に知らないというジェスチャーをするマーティズ。

シンシア　あ！　えっと…あ!!

マーティズ　やっぱ…やっぱり主人公だよ。主人公が最初に出てくる場面、あれ是非とも…やりたいなぁ…。

ブラント　そうか。

三人はほっと一息つき、ワインを飲む。

少し、酔い始めるベントー。

マーティズ　あなたは…？

ブラント　俺？　…俺はいいよ、恥ずかしいから。

シンシア　そんな事ない…是非、是非聞かせてください。

マーティズ　是非…!!

ブラント　そう…えっと…。

部屋にポロットが入ってくる。

後ろには、アーシュラ・ペイトンもいる。

ポロット　お、やってるねぇ。

慌ててゴクリと飲んでしまう三人。

ブラント　あなた方も…？
ポロット　ま、もうすぐ始まるからね。景気付けに一杯ってとこかな。
ペイトン　ゆっくりと飲めなかったから、でも、いいんですか？
ブラント　勿論、構わないよ。ねえ？
マーティズ　え…ええ。
シンシア　ゲジゲジ…。
ポロット　何だよ？

咳き込むベントー。

シンシア　大丈夫？
ベントー　あ、すいません。
アーシュラ　…私は…いいわ。

部屋を出て行こうとするアーシュラ。

ペイトン　いいじゃないか、あんまりつっけんどんは、良くないよ。
アーシュラ　…。
ポロット　マリッジブルーっていうやつなんじゃないの?
アーシュラ　…そんなことはないわ。
ポロット　じゃあいいじゃない…明日の朝になれば…お別れしちゃうんだぜ。
シンシア　ここ…どうぞ…。
ペイトン　いいの?
シンシア　あ、ほら、調子悪そうだから。

ベントーを連れ、離れた場所に座るシンシア。
ソファーに座る、アーシュラ・ペイトン・ポロット。
それぞれグラスを注いで、

ポロット　それじゃ…乾杯。

ペイトンがワインをベントー達に注ぐ。

ペイトン　あなた達も…。

シンシア　あ…すいません。
ベントー　あ…。
アーシュラ　無理に勧めなくていいんじゃない？　…辛そうだし…。
ベントー　…大丈夫です。

　　ベントーは注がれた酒を一息に飲み干す。
　　咳き込むベントー。

ポロット　あんたらも揃ってるってことは、手を組んだのかな？
ブラント　いや…別に、ね。
ポロット　まあ、この後見ればわかることだけどね。
ペイトン　あ、そう言えば…君、面白い事言ってたよね？
マーティズ　何が？
ペイトン　もう一度、今日の朝からやり直したいって…。
マーティズ　ああ…あれは…知らなかったから…。
ポロット　今何って言った？
マーティズ　あ！　いやあの…
シンシア　馬鹿!!
ベントー　いやあ、その気持ちわかります。私もやり直したいですよ、何でこんなところにきちゃったのか…ドボルザーク。

全員　……。

水槽に向かい叫ぶベントー。
酔いが回っている。

シンシア　えっと…ちょっと酔ってるみたいです。
マーティズ　それぞれ理由があるでいいじゃない。
ブラント　例えばあなた方は、二人とも振り返りたいのかい？
ペイトン　ああ…僕はあくまで、付き添いですから。
ポロット　単純な疑問だが、嫌じゃないのか？　彼女が振り返りたい過去があるなんて…もし自分に関係ある事だったらどうすんの？
マーティズ　切り込むね!!
ペイトン　そうならない事を、信じるだけですけどね。…彼女にも色々あったし、そこを振り返るというなら、気持ちはわかる。
マーティズ　言うね!!　格好いいね。
ブラント　君は、若いのにたいした男だな。
アーシュラ　…もういいわ。
ペイトン　あ、ごめん。

シンシア　だけど…その気持ち、なんとなくわかるかな。
ブラント　…どうして？
シンシア　私も、同じような理由だから。今を知ってれば、振り返った時に、すぐ行ける場所があるから。
ブラント　へえ…。
ペイトン　どんな結果になっても、彼女のしたいことなら応援しますよ、僕は。
ポロット　やられたね。この人にやられた。
ベントー　見事ですね。そりゃたいした男じゃないですか。ブラボー!!
全員　…。

水槽に叫んでいるベントー。

ベントー　違うかな。ゴリ!!　ビスマルク!!　ガンマ！
シンシア　若干…悪酔いしてます。
マーティズ　飲ませたの、失敗だったね。
ベントー　いやあ、本当に素晴らしいですよ、ファンタスティック!!

立ち上がるアーシュラ。

アーシュラ　ちょっと…いい加減にしてくれない？

シンシア　すいません、酔ってるだけなんで…。

ペイトン　いいから…僕は大丈夫だよ。

アーシュラ　…あなた、みっともないと思うんですけど。

ブラント　まあ…お酒の席ですから…。

ベントー　みっともないことくらいわかってるさ!!

アーシュラを睨みつけるベントー。

驚く全員。

ベントー　じゃあどうすれば良かった!!　そりゃ彼に比べたら冗談の一つも言えないさ。、笑顔にさせることもできないさ!!　だけど、どうしていいかわからなかったんだ!!

ペイトン　ちょっと…。

シンシア　どういうこと？

アーシュラ　やめてよ…

ベントー　僕だって…振り返りたいさ…ずっとそう思ってた!!　だから来たんだ!!

アーシュラ　やめてよ!!

言い合いをするアーシュラとベントー。

ペイトンがベントーに摑みかかる。

ペイトン　ちょっとあんた…一体どういうことだ？　答えろ!!

ベントーは、はっと我に返り、

ベントー　はっ…ああ!!

勢いよく部屋を飛び出していくベントー。

マーティズ　ちょっと!!

ブラント　君…!!　君!!

ポロット　おい!!

ブラントはベントーを追いかけて部屋を出ていく。

ポロットも後を追いかけ、その場を飛び出していく。

ペイトン　ねえ…どういう…

アーシュラ　…。

部屋の奥へ消えていくアーシュラ。

ペイトン　待って！

ペイトンも部屋の奥へ追いかけていく。

マーティズ　何だ…今の…。
シンシア　どうしよう…。
マーティズ　そうだ…カバンを持ってくる!!
シンシア　え…。
マーティズ　彼の鞄…今調べるチャンスだから…銃がないかどうか!!
シンシア　え、待って…!!

マーティズも部屋の奥へ消えていく。

シンシア　ええ!?　…。

ポロットが戻ってきて、

シンシア　どういうこと⁉
ポロット　この状況じゃ、まだわからんだろ。とりあえず、外すごい嵐だ。何かあったら困る…!!
　傘みたいなのないか…。
シンシア　えっと…えっと…。
ポロット　使えないいなぁ!!　いい!!

　ポロット、部屋の奥へ消えていく。
　動転するシンシア。
　マーティズが鞄を持って、駆け込んでくる。

マーティズ　あった…これ!!　あの人の鞄…!!　これだよね？
シンシア　たぶん…!!
マーティズ　帰ってくるかもしれないから、急がないと…!!

　鞄の中を調べる二人。
　ポロットが駆け込んでくる。
　慌てる二人。

ポロット　何やってんだ!!
マーティズ　あ…いや…!!
シンシア　あ!!　傘がないから…調べてて!
ポロット　もうあった!!

ポロットの手には傘が握られている。

マーティズ　僕も手伝うよ!!　…頼む!!

マーティズはシンシアに目配せをし、ポロットと共に、部屋を、飛び出していく。
必死に探すシンシア、混乱している。

シンシア　どうして私が…え…?

手にふれた感触に驚くシンシア。
鞄から銃を見つけ、手に持っている。

シンシア　これ……これ…どうしよう…え…。

そこにブラントが戻ってくる。

ブラント　どうしたの？

はっと驚くシンシア。
背中越しに必死に銃を隠す。

シンシア　ううん…なんでもないわ。皆は…。
ブラント　今、捕まえた。ちょっと取り乱してたみたいだ…。
シンシア　そう…良かった。

静かにシンシアを見つめるブラント。

ブラント　君…何をしているの？
シンシア　え…？

ブラントがシンシアにゆっくりと近づいていく。
触れようとした瞬間、助けるようにクラリスが部屋に入ってくる。

クラリス　どうしたの？　騒がしかったみたいだけど…。

ブラント　…いや、酒の席でちょっと言い合いになってしまって…。

クラリス　そう。もう、開票を始めるみたいよ。

ブラント　そうですか。なら、私が呼んできましょう。

ブラントは部屋を出ていく。

クラリス　大丈夫…？

シンシア　これ…これ…彼の鞄に…。

銃を渡すシンシア。

クラリス　じゃあやっぱり…

シンシア　良かった…本当に良かった…。

クラリス　すぐに鞄を片付けましょう…始まるわ。

シンシア　あ、はい…。

鞄を取り、部屋を出るシンシア。

銃を見つめるクラリス。

時計の針が無機質に音を立てていく。
舞台、ゆっくりと暗くなっていく。

ACT 4

場面は夜の12時へと変わる。
光に映るのは、パーカー。
その後ろには全員が彼を見つめている。
厳かに、語りだすパーカー。

パーカー　それでは、始めたいと思います…。

紙を手に取る全員。

パーカー　皆様の推薦人をお書きください。
ワイズナー　その前に形式についてお聞きしたいんだが…。まさか無記名って事はないよな…？
パーカー　…。
ワイズナー　そんなことになったら、みんな好き勝手に自分の名前を書くぜ。やるんなら、公明正大にいきたい。

パーカー　無記名ではございません。投票には、きちんと名前を書いていただきます。但し、非公表です。確認は、私の方で行います。

ビクトール　それは…どうしてですか？

パーカー　後々、トラブルになっては困りますので…。推薦の投票に不正があった場合、その時点で失格とさせていただきます。それから辞退をされる場合は、私までお伝えください。

ポロット　ここまで来て辞退する奴がいるとは思えないけどね。

ワイズナー　では始めます。推薦人をお書きください。

全員、紙に推薦人を書き込んでいく。
書き終えたものから順に、パーカーの手前にあるグラスに、紙を入れていく。
全員が入れ終えた後、

パーカー　…すぐに、開票致します。

パーカーはそれを持って、部屋の奥へと消えていく。

ポロット　いよいよだな…。

ワイズナー　ああ。あんた、ぬかりはない？

ポロット　当たり前だろ。全部で十一票しかないんだ。二票あれば当確、一票でも落ちることはないよ。

ワイズナー　約束、守ってくれた？

エヴリン　それはこっちが聞きたいわ。

シンシアはマーティズをクラリスの所まで引っ張り、

シンシア　…ちょっとこっち来て…。

マーティズ　どうだった？

クラリス　あったわ…彼が犯人よ。

ブラントを見つめる三人。

マーティズ　…どうする？

クラリス　これが終わり次第…みんなに話しましょう。彼をうまく外して…。

マーティズ　わかった。

ブラントはベントーに歩み寄り、優しく話しかける。

ブラント　…行ったほうが、いいんじゃないですか？

ベントー　あ…はい。

　　　アーシュラの元まで、歩み寄るベントー。

ベントー　あの…。
アーシュラ　…。
ベントー　先ほどは、申し訳ありませんでした…つい、酔ってしまい…。
ペイトン　…行ってくれない？　もう関わりたくないんだ。
ベントー　申し訳…ございません。

　　　パーカーが戻ってくる。

パーカー　それでは…開票結果をお伝えいたします。この時点で、半分になります。

　　　息を呑む全員。

パーカー　名前を呼ばれた方は、手をお挙げください。

　　　パーカーはゆっくりと読み上げる。

パーカー　ビクトール様…0票。

ビクトール　くそ…。

エブリン　当然でしょ。

ビクトール　だよね。

パーカー　ペイトン様…0票。

ポロット　ここまでは、順当。

ワイズナー　約束どおり。

パーカー　アーシュラ様…3票。

シンシア　すごい…。私はもう駄目です…。

クラリス　私たち、それどころじゃなかったでしょ？

シンシア　でも私、あなたに入れときましたから。助けてもらったお礼。

クラリス　そうなの？

パーカー　マーティズ様…0票、ブラント様…0票。

ブラント　…やっぱり無理でしたね。

マーティズ　え、ええ。

パーカー　ワイズナー様…1票。

ワイズナー　よし…。

パーカー　クラリス様…2票。

シンシア　…すごい。
クラリス　びっくり…。
パーカー　シンシア様…3票。

驚くシンシア。

シンシア　え…私…どうして…え
クラリス　実は私も、入れておいたのよ。
パーカー　ベントー様…1票。
ベントー　私も…何故…。
ブラント　おめでとう。

突然、声を荒げるポロット。

ポロット　待てよ…もう10票入ってるぞ。
エヴリン　ちょ…ちょっと…何よこれ…。
パーカー　ポロット様…0票。
ポロット　おい…待てよ
パーカー　エヴリン様…1票…以上です。

エヴリン　ちょっと待ってよ！

パーカー　票が一つも入らなかった方はこの時点で終了となります。なお、やり直しはできません

…それでは…。

ポロット　…。

パーカーは部屋の奥へと消えていく。
ポロットはアーシュラに駆け寄り、

ポロット　あんた…やってくれるね。

アーシュラ　何？

ポロット　約束が違うぞ…俺はあんたに一票もらうはずだ。

アーシュラ　そうね。

ポロット　おい。

アーシュラ　なら私も辞退するわ。それで問題ないでしょ…。

ベントー　え…。

ポロット　あんた、本気で言ってるのか？

ペイトン　…この後、パーカーの所に行ってくるんだ。

アーシュラ　残念だったわね、あなたも…。

アーシュラ、ペイトンは部屋の奥へと消えていく。
エヴリンもまたワイズナーに駆け寄り、

エヴリン　あなたも同じよ、どういうこと？
ワイズナー　おいおい、俺は約束どおり入れたぜ。
エヴリン　だったら何で一票なのよ。おかしいじゃない？
ワイズナー　いいじゃんか、勝ち残ったわけだし…。
エヴリン　ふざけないで!!
ビクトール　やめとこう…みんないるし…。
エヴリン　甘いこと言わないでよ。勝ち残らなきゃいけないの…絶対!!
ポロット　…くそ……。
ブラント　そういうルールだ。負けは負けだよ。上で飲み直さないか？
マーティズ　あ、えっと…はい。

二人に目配せするマーティズ。
ブラントとマーティズは共に部屋の奥へと消えていく。

ポロット　…やられた…俺やられた…。
ワイズナー　残念でした…俺は勝ち残ってるけどね。

ポロット　くそ…。
クラリス　ちょっとみんな聞いてほしいの!!　お願い…。
ワイズナー　どうした？
シンシア　あ、行っちゃった人…どうします？
クラリス　えっと…とりあえず…後にしましょう。怪しまれても困るわ。
ポロット　どうしたんだよ？
クラリス　ソシリア事件の犯人がいるわ…。

驚く全員。

ワイズナー　本当か!?
エヴリン　何でそんなことわかるのよ。
シンシア　泥のついたジャケット…水車の前で落ちたって話…あれ嘘だったのよ。
ポロット　ええ!?

マーティズがこそっと降りてくる。

クラリス　あ…どう？
マーティズ　…とりあえず…酒を取りに行くって言ってきた。

クラリス　この人なの…水車に落ちたの…。

マーティズ　間違いないよ。早く、急がなきゃ…。

ポロット　ちょっと待てよ…あいつだっていう確証は…？

クラリス　銃を見つけたわ…あの人の鞄から…

ポロット　本当か!?

ベントー　やっぱり…あったんですか

マーティズ　…どうする？　早く…。

シンシア　早く、急がなきゃ!!

ワイズナー　とりあえず…ここにおびき寄せよう…みんなで飲もうとか言って…。

ポロット　来たら、男手で押さえつける…どうだ？

ビクトール　わかりました…!!

ワイズナー　銃はどうした？　そいつの銃は？

クラリス　……ここに。

バッグを見せるクラリス。

ワイズナー　パーカーに渡しに行ったほうがいい。もし奪われたら、厄介なことになる。

クラリス　…わかったわ。

ベントー　だ…大丈夫でしょうか…？

二階からブラントの声が聞こえる。

マーティズ　今…行きまーす!!
シンシア　急がなきゃ…。
ポロット　…やるぞ。
ビクトール　はい…。
マーティズ　…行ってくる。
クラリス　…私も。

クラリス、マーティズはそれぞれの方向へ去っていく。

ワイズナー　あんたはそっちから…行ってくれ。
ビクトール　僕は後ろから飛びつきます。
ベントー　わ、私は…。
ポロット　取り押さえる役目だ。
エヴリン　大丈夫なの…?
ビクトール　ああ。
シンシア　怖い…。

ポロット　こっちから誘おう…あんた…。

シンシア　ええ…。

二階に声をかけるシンシア。

シンシア　ね…ねえ!!　…こっちで、一緒に飲まない!?

マーティズの声　わかった…!

ブラントを連れ、部屋へと戻って来るマーティズ。

息を呑む全員。

マーティズ　みんなも…飲むか?　仲良く?

ブラント　…頑張ってくれよ、僕らの分まで。

エヴリン　じゃ、私…飲ませてもらうおうかな…。

ブラント　お、君…飲むんだ。いいね…。

——ブラントがワインに手をかけようとした瞬間、

ポロット　行け!!

ブラントに飛びかかるビクトール。

ブラント　ちょ…何をするんだ⁉

ベントー　うわあああ‼

シンシア　きゃあっ…。

殴りかかるワイズナー、ポロット。
ブラントは応戦するが殴られて、男たちに取り押さえられる。

ブラント　…ちょ…ちょっと待ってくれ…。

シンシア　やった…‼

そこに飛び込んでくるクラリス。

クラリス　大丈夫⁉

シンシア　はい。

ポロット　取り押さえたぞ‼

ブラント　待て…話を聞いてくれ‼

ビクトール　ふざけるな!!
ブラント　私は犯人じゃない!!
マーティズ　ならどうして銃を持ってる…!!
ブラント　私は…私は刑事だ…!

手帳を懐から出すブラント。
驚く全員。

ポロット　え…じゃあ!!

――その瞬間、ポロットの頭に銃を突きつけるワイズナー。
はっとする全員の動きが止まる。

ワイズナー　危なかったなぁ…。
シンシア　え…
ワイズナー　刑事がもう紛れ込んでるとはね…びっくりしたんだよな。
エヴリン　そんな…
ワイズナー　動くな…。

威嚇するワイズナー。

ワイズナー　帰れって言ったのに帰らないから。

ブラント　お前か…犯人は…。

ワイズナー　動いてもいいけど、…お前の銃はもうないよ。片付けちゃったから…。

クラリス　あなた…嘘ついてたのね…。

ワイズナー　そうだね。間一髪だったよ…しかしついてるね。ソシリアの持ってる招待状がなけりゃ…とっくにばれてた…。

笑うワイズナー、クラリスをからかうようにソファーに座る。

ワイズナー　嘘も突き通すもんだな。結構いけるよ、明日選ばれるかもしれないね…。

——突然、クラリスはバッグから銃を取り出し、ワイズナーにつきつける。

クラリス　…でもね、私も嘘つきなの。

ワイズナー　お前…。

ワイズナーが隙を見せた瞬間に、ブラントが飛びかかる。

続けて向かうポロットたち。
全員でワイズナーを取り押さえる。

クラリス　パーカーを呼んできて!!　警察に連れてくわ。

ポロット　…あんた、助かったよ。

シンシア　どうして…どうしてわかったの!?

クラリス　あなたの見つけた銃…撃った跡がなかったわ…だから、もしかしてと思って…。

シンシア　あ…。

クラリス　もし、本物が別にいるとしたなら…この人が違うとわかった時点で動き出すわ。

ワイズナー　お前…。

クラリス　あなたも…失格ね。振り返って、償ったら…。

全員の見守る中、肩を落とすワイズナー。
舞台ゆっくりと暗くなっていく。

ACT 5

場面変わると、ソファーにベントーが座っている。
荷物を整理しているベントー。
そこに入ってくる、マーティズ。

マーティズ　…とりあえず警察に、向かいました。パーカーの車で。
ベントー　そうですか…本当に良かった。
マーティズ　…行っちゃうんですか？
ベントー　はい。帰ってもいいと言われましたし…もういる必要は、ないですから…。
マーティズ　まだ一票残ってるのに…。
ベントー　私は、始めから無理ですよ。わかっていました…。あの…
マーティズ　…なんですか？
ベントー　アーシュ…いや、彼女たちは…。
マーティズ　もう…帰りました。二人で…。
ベントー　そう…ですか。

マーティズ　…あの、あなたは一つ…嘘をついていましたね…。
ベントー　…申し訳ない。隠さなければ…ここに来ることができなかった。
マーティズ　その事じゃありません。
ベントー　え？
マーティズ　聞きましたよ…あなたは優しい、笑顔の絶えない人だったって…。
ベントー　そうですね…だけど、本当に笑った事などありません…。

悲しそうに笑うベントー。
――一つの回想、ベントーとアーシュラの風景。
アーシュラがソファーに座り、紙をテーブルに置く。
それは離婚届。
ベントーはペンを取りながら、

ベントー　後は、ここに僕が書けばいいのかな？
アーシュラ　うん。
ベントー　そっか…どんな人？
アーシュラ　何が？
ベントー　だから…あ、ごめんね。ちょっと嫌味っぽいか。
アーシュラ　素敵な人よ、あなたと一緒で。

ベントー　そっか。

サインを書き始めるベントー。

アーシュラ　…責めないの？
ベントー　どうして？
アーシュラ　わかるでしょ。
ベントー　わからないよ。だって悪いのは…僕だから。君の気持ちを繋ぎとめられなかった…。
アーシュラ　…。
ベントー　ごめんね。次はさ…きっと大丈夫だね。君の幸せを、誰よりも願ってるよ。
アーシュラ　…あなたは、怒らないのね。一度も…。
ベントー　どうして…怒る必要があるの…だって悪いの…僕だから。
アーシュラ　…サイン…書いた…？
ベントー　あ、うん。これ…。

ベントーは離婚届をアーシュラに渡す。

アーシュラ　今まで…ありがとう。
ベントー　ありがとう。

ベントー　あのさ…あのミステリ…二人で推理の当てっこした…。

アーシュラ　それが…どうかした…？

ベントー　君は…あの主人公の気持ちがわからないって言い張ってたよね。どうして、きちんと伝えなかったのかって…でも、あれだよ。想えば、想うほど…人は一人になるんじゃないかって…。

アーシュラ、立ち上がりその場を離れようとする。
思わず引き止めるベントー。

ベントー　もし…もしも僕がもう一度…。

アーシュラ　もう一度…何？

ベントー　あ、うぅん…元気で…。

言葉をためらい、無理に微笑むベントー。

アーシュラ　お願いだから…笑わないでよ。

——アーシュラ、部屋を出て行く。
場面は、ゆっくりと戻っていく。
微笑むベントー。

ベントー　…笑ったことなんて、なかったです。彼女が笑うかどうかだけ、気にして生きてきたんだから…自分を殺して…。
マーティズ　でも…だからあなたは取り戻しに来た。振り返ろうと思った。違いますか？
ベントー　もう…遅いです…。やっぱり、何もできなかった。

そこにポロットが入ってくる。

ポロット　悔しいなぁ。ここで放棄してる奴がいるのに、自分は参加できないとはね。
ベントー　…すいません。
ポロット　でもあんたはいいよ。結果、同じことができるんだから。
ベントー　どういう、意味ですか？
ポロット　帰る間際に彼女、俺に票を入れなかったこと謝りにきたんだよ。彼女が入れたのは、あんただそうだ。
ベントー　え…。

驚くベントー。

ポロット　…ちゃんと選ぼうとしてたんじゃねえか、彼女ももう一度。そしてこの場であんたを見つけ、期待した。俺の推理からすると、一票はその想いだな。
ベントー　それじゃ…。
ポロット　手ごわい相手だぜ。あの若造、同じことは繰り返すなよ。
ベントー　…。

ベントーは一礼をし、部屋を飛び出していく。

マーティズ　…結構、いい奴なんですね。ゲジゲジ。
ポロット　ほっとけよ。さ、俺も帰るとしますかね、初戦で敗退するし、ライバルは捕まっちゃったし…。
マーティズ　結構頭切れたんですけどね、お疲れ様です。
ポロット　最後ついでに一つ。…あの刑事が水車の前で落ちたってのは本当だ。本人に確認した…。
マーティズ　はい…。
ポロット　だったら嘘をついてるのはあんただ。
マーティズ　いや、本当に落ちたんですよ。嘘は言ってません…。
ポロット　だとするならば、一つしかないな。ヒントを…。

笑うマーティズ。

マーティズ　ヒントを言ったら…解けますか？
ポロット　…たぶんね。
マーティズ　…僕は彼女に、恋をしてるんです。

マーティズは部屋の奥へと消えていく。
ポロットもまた微笑み、その場を離れていく。

★

時間がゆっくりと経過していく。
部屋に、クラリスが入ってくる。
水槽の魚を見つめるクラリス。

クラリス　…。

そこにシンシアが入ってくる。

シンシア　…何してるんですか？
クラリス　見ておこうと思って…オンリーシルバーフィッシュ…。
シンシア　やっぱり…なくなっちゃいますよね…この話。
クラリス　うーん…そうなのかな…。

足早に入ってくるエヴリン。

エヴリン　冗談じゃないわよ…ここまできて。
シンシア　あ…。
エヴリン　知ってる？　勝ち残ってるの…もう、私たちだけよ。
クラリス　え、あ…そう言えば…。
シンシア　本当だ…。
エヴリン　続きをしましょう。最後の一人を決めるまで…私は諦めないわ。パーカー、いるの？
　パーカー。

ドアを開け、パーカーが部屋に入ってくる。

パーカー　はい…。
エヴリン　なくなったなんて言わせないわよ。主の都合どおり、絞られたんだから。
パーカー　そうですが…。
エブリン　開票結果を見せて。こんな状態だもの、不正があったかもしれない。
パーカー　それは、できません。
エヴリン　あの男と私は、確かに約束を交わしたの。本来なら私にもう一票入ってるはずだわ。

パーカー　ですが…

エヴリン　何…？

パーカー　先ほど、ビクトール様より、辞退の申し入れがございましたが…。

クラリス　え？

エヴリン　ちょっと…。

驚くエヴリン。

そこにビクトールが荷物を持って入ってくる。

ビクトール　…帰ろう、全部荷物まとめたから。

エヴリン　ちょっとどういうことよ？

ビクトール　パーカー、申し訳ないけど、車を出してくれる？

パーカー　承知いたしました。お送りいたします。

エヴリン　何を言ってるのよ⁉　帰らないわ。

ビクトール　僕だよ。…君に票を入れてないのは…。あの男はちゃんと入れてた。

エヴリン　え…。

ビクトール　僕は最初から、そうするつもりだったよ。

エヴリン　……。

ビクトール　会社をたたむ。この旅行に出る前に、親父には話してきた。

エヴリン　…嘘よ。

ビクトール　自分の責任は、自分で取るよ。今、会社を売れば、少ない借金で済むから…。

エブリン　…ビクトール。

シンシア　…どういうことですか？

ビクトール　事業に失敗したんです。僕のミスで…。

エヴリン　余計なこと言わないで…。

ビクトール　言うよ。だって君に過去を振り返ってもらっても、きっと僕は同じ失敗をするから。

これは、勉強だ。…君には辛い思いをさせるけど、ついてきて欲しい。だから…帰ろう。

エヴリン　…。

クラリス　…帰ってあげたら。

微笑むクラリス。

シンシア　そうよ…ねえ？

エヴリン　黙って…。

ビクトール　なあ…駄目かな…貧乏させるけど…君は嫌かもしれないけど…

エヴリン　…そんなのどうでもいいわよ。

ビクトール　…じゃあ…

エヴリン　あんたが考えてるほど、現実は甘くないわ。…しっかりしてくれなきゃ、私が幸せになれないじゃない…。

ビクトール　エヴリン…。

エヴリン　すぐに車を出して。振り返れないのなら、用はないから。

パーカー　はい。

エヴリンはパーカーと共に、足早に部屋を去っていく。

クラリス　良かったわね。

ビクトール　はい!!　…お世話になりました…。

シンシア　さよなら…。

ビクトール　お二人とも、頑張ってください!!

ビクトールは、勢いよく部屋を出ていく。
その場に二人だけが残る。
顔を見合わせ、微笑みあう二人。

シンシア　…なんか、いいですね。

クラリス　そうね…あ、本当に二人になっちゃったわね…。

シンシア　…そうですね。

水槽を見つめるクラリス。

クラリス　この場合、どうしたらいいのかしら…。
シンシア　そうですよね。一票ずつしか入らないし。
クラリス　…あなたでいいわ。
シンシア　え？
クラリス　だから…最後の一人。私はあなたを推薦する。
シンシア　いや、でも…。
クラリス　その代わり…あなたの振り返りたい過去を教えて、それが条件。
シンシア　本当に、いいんですか…？
クラリス　いいから、お願い。

優しく微笑むクラリス。
ゆっくりと語り始めるシンシア。

シンシア　…愛してる人が…いるんです。その人と、一緒になりたくて…だけどちょっと難しくて
…だから出逢いの場所を変えたいんです。振り返って…出会い直したいんです。
クラリス　…そっか…。

シンシア　これが私の振り返りたい過去です。

水槽を見ているクラリス。

クラリス　この魚の名前はね…一番大事な人の名前なんだって、言われてるのよ。
シンシア　どういうことですか？
クラリス　その人にとって…世界でただ一人、本当に愛する人の名前。つまり、本物かどうか…これでわかる。
シンシア　…素敵。
クラリス　ね。自信あるなら、言ってみたら？
シンシア　ありますよ、勿論。
クラリス　どうぞ。

息を吸うシンシア。
――名前を言おうとした瞬間、

クラリス　アーチボルト。

驚くシンシア。

シンシア　え…？

クラリス　当たった。だけど…変わらないじゃない…どういう事かしら…。

シンシア　…どうして？

クラリス　どうして？　この屋敷の主、私よ。そしてあなたの愛するアーチボルトの妻も私。

シンシア　嘘…嘘…。

クラリス　そう、嘘よ。あなたに渡すわけないじゃない…あんたみたいな野良猫に。

ゆっくりと銃を出すクラリス。

シンシア　きゃっ…。

クラリス　勘違いしないで…あなたを撃つつもりなんてさらさらないわ。私の手が汚れる、そんなの馬鹿みたいじゃない…。

シンシア　…。

クラリスは銃をテーブルの上に置く。

クラリス　どうぞ…使いなさい…。

シンシア　…どういう事よ？

クラリス　私がいなくなれば、あの人と一緒になれるのよ…その方がいいんでしょ。
シンシア　…。
クラリス　この魚の名前、勿論私は知ってるわ。あなたを勝たせるために…この結末の為に、私が用意したのよ。さあ、考えて。私が何するか…わかる？
シンシア　…わからない…。
クラリス　そうよね。あなたはいつも自分で考えることをしない…そうやってか弱く気取っていれば、誰かが助けてくれると思ってる。あなたみたいな女、大っ嫌い!!　反吐が出るわ…。
シンシア　やめてよ…。
クラリス　やめないわよ!!　…魚の名前を言うわ。そして次に私が何をするか知ってる!?　…あんたとあの人を二度と出逢わせない…。
シンシア　やめて!!
クラリス　出逢わせないわ!!　そんな失敗は二度としない。あなたじゃないもの!!

テーブルの上の銃を取るシンシア。

シンシア　やめて…!!
クラリス　これが私の復讐だもの。明日の朝、あの人が来るわ。そして私とあなたを見るの。血に染まったあなたと私を…。
シンシア　……。

クラリス　どうするの？　撃たなきゃ…逢えないわよ。あの人と二度と逢えない。

震えながら銃口を向けるシンシア。

シンシア　お願い…やめて…お願い。

クラリス　本当、散々な一日。疲れたけど…これで、終わりね。私も、あなたも。さよなら…。

シンシア　やめて―――!!

魚の名前を言おうとするクラリスに向けてシンシアは銃を向ける。

――大きな銃声が響いていく。

二人は、動かない。

クラリス　…え……え…。

泣きながら崩れるシンシア。

クラリス　どうして…どうして…？

クラリスは、驚いている。

そして、ゆっくりとマーティズが部屋に入ってくる。
シンシアの銃をそっと手に取るマーティズ。

マーティズ　…もう、いいんだ。
クラリス　どうして…死んでないの…どうして…？
マーティズ　君はね…死んだよ。ちゃんと…彼女に撃たれた。
クラリス　…え？　…。
マーティズ　僕はその時、それを見ていたんだ。目の前で死んでいく君を。
クラリス　…じゃあ…。
マーティズ　そう、振り返ったんだよ…僕が、この魚の名前を言って…。振り返って同じ道を辿りながら…この銃から玉を抜いておいたんだ。
クラリス　…そんなの…。
マーティズ　嘘じゃないよ。この魚は、いるんだよ…そして僕は振り返ることができた。君の名前を言って…。
クラリス　あなたは…。
マーティズ　本物の愛だよ。これは、間違いなく…。
クラリス　…。
マーティズ　君は今、愛する人の名前を言ったじゃない…でも、振り返れなかった。だから、もう終わりにしてあげよう。

シンシア　私…私…。
マーティズ　彼女に、返してあげよう。僕が、いるから。
クラリス　私は…。
マーティズ　君は死んだんだ…もう復讐は、終わりだよ。

クラリスを抱きしめるマーティズ。
夜明けが一日の終わりを告げる。
動かないクラリス。
それは、泣いているようでもある。
舞台ゆっくりと、暗転していく。

EPILOGUE

朝の光がゆっくりと部屋を照らしていく。
小鳥の鳴き声が響いている。
その中で、クラリスが水槽を見つめている。
ゆらゆらと、水槽に光が反射している。
静寂がその場を包む中、ドアを開けて入ってくるブラント。

クラリス　まだ残っていたの…？
ブラント　あ、いえ…戻ってきたら…全てが終わった後でしたから…。なんとなく…帰りそびれてしまって…。
クラリス　そう…。
ブラント　…彼から、聞きました…。といっても、全てが何も変わりのない一日に戻っただけですが…。
クラリス　彼は…？
ブラント　あ、今朝早くに列車で帰りました。次の遺跡発掘があるそうで…。

クラリス　え？
ブラント　考古学者だそうです。そして事件に、巻き込まれた…一度目は。
クラリス　そう…あなたも、巻き込まれちゃっただけだったのね…。
ブラント　はい…恥ずかしながら…。
クラリス　本当に、散々な一日。
ブラント　本当に。

水槽を見つめながら、ゆっくりと時間を費やしていく。

ブラント　…魚は目を開けて眠りますよね？
クラリス　そうね。だけど昨日はきっと眠れなかったわね。あれだけ騒がしい夜があったら…。
ブラント　人と同じで、次に寝た時はなかなか目覚めないんでしょうかね。どう思います？
クラリス　そうね。きっと、そう。
ブラント　でも私はこう思うんです。…その珍しいたった一匹の魚は、きっと寂しかったんじゃないかと。珍しくて、皆が興味を持って、愛されて。だけど裏を返せば、同じ気持ちを語れる人はいない。同じ想いをぶつける相手もいない。
クラリス　…魚の話でしょ？
ブラント　そうです。だから目覚めたいんだと思います。だからあなたはここに来た。

ブラントは優しくクラリスに告げる。

ブラント　外に警察が待っています。あなたの家族と一緒に。

クラリス　そう。

ブラント　…あなたの失踪は、謎を呼ぶでしょうね。ミステリファンにとっては…。私がそうですから…。

クラリス　あなた、それを言うために戻ってきたの？

ブラント　いえ、一言。たったの十一日間ですよ。『メアリ・クリスティ』。

微笑みあう二人。

ゆっくりとソファに、座る。

魚を見て、そして互いを見合うブラントとアガサ・クリスティ。

アガサ　…きっと騒いでるわね、世間は。

ブラント　そうですね。

アガサ　あの彼、考古学者なの？

ブラント　結婚するんですか？

アガサ　冗談。

ブラント　でも一目惚れだって。

アガサ　男はみんなそう言うのよ。
ブラント　外の旦那さんも？
アガサ　ええ。
ブラント　本当に？
アガサ　そして私は、きっと同じ事を繰り返す。それが物語の鉄則よ。
ブラント　困ったものです。
アガサ　本当、散々な一日。
ブラント　本当に。

楽しそうに会話をする二人。
上質なミステリを、まるで紅茶を飲みながら楽しむように。
何度も。何度も。
――オンリーシルバーフイッシュがきらり光を浴びて。

完

あとがき

――アガサ・クリスティ。この世界でももっとも有名なミステリ作家には、たった十一日間だけ、空白の時があります。十一日間の謎の「失踪」。若くしてミステリの歴史を変えた彼女ですから、当然世間は大騒ぎになったそうです。沼のほとりから、彼女自身の車が見つかったり、当時の夫であるアーチボルト氏に殺人の嫌疑もかけられましたが、彼女は保養地ハロゲイドで、夫の愛人の名で宿泊している所を保護されます。発見された当時、彼女はただ一言、「記憶喪失だった」と語ったそうです。彼女の輝かしい功績の陰に隠れた、たった十一日間の「冒険」はこうして幕を閉じ、そして彼女はこれ以後この事について語る事はありませんでした。真相は語られることはありません。ゴシップや憶測を覚悟しての彼女の決断が、それだったんだと思っています。彼女らしい、とても素敵な言葉の選び方だったんだなと、僕は思っています。

この二つの戯曲は、二〇〇七年五月に、笹塚ファクトリーにて上演されたものです。

どちらも洋館で過ごした、たった一日だけの話。朝が来ればいつも通りに終わってしまう一日に、願いを込めた十二人の物語です。

実は、最初に構想した「ONLY SILVER FISH」は、「＋GOLD FISH」という作品の方でした。実際に稽古で創りあげていく段階まで、その予定で進めていました。散々な一日という言葉をモチーフにした一人の夫人の物語。希望の光の見えない、復讐の物語です。ですが、稽古の途中で、それを止めました。その意思を変えたのが、「孤独」という言葉です。

恋をすると、たくさんの事を夢見ます。そしていつからか、その「夢」は「想像」に変わるような気が僕はいつもするのです。それは伝えたかった想いと、伝えられなかった事実かもしれませんし、好運にも始まりがあったとすれば、終わりを考えてしまう怖さなのかもしれません。心の奥深くに潜んでいる人に話せない不安や妄想、それを素直に伝えられない現実、本当に様々な、そして小さな歪み。それが恋の夢を想像に変え、辿りつく先に「孤独」という言葉が待っている。そんな事を創る前は考えていました。

アガサはこの失踪事件の二年後にアーチボルト氏と離婚をし、その二年後に考古学者のマックス・マローワンと運命的な出逢いの末、再婚します。晩年にアガサは、「私の人生は幸せだった」と語ったそうです。自らの自叙伝に乗っている白黒のスナップには、素敵な笑顔で発掘に励む二人の姿が写し出されています。人はどれだけ傷ついても、また恋をする。たくさんの夢を見て、たくさんの歩幅を共にする。お互いが離れないように。彼女の晩年の言葉が真実かどうかはわかりませんが、これもまた上質なミステリのような、そんな気がします。

そんな事を想いながら、僕の書きたかった復讐物語に、一匹の魚と「＋GOLD FISH」というタイトルをつけました。この二つの戯曲は独立していますが、「つがい」にしているのは、その為でもあります。だって孤独を人に見せた時点で、もうその人は孤独ではないのですから。

四冊目の戯曲集です。なるべく上演するに当たって制約がないものを戯曲集にと思ってはいたのですが、シンプルな初めての上演作品です。椅子とテーブルがあれば、充分。

あなたとあなたの仲間の力で、たった一日だけの世界を創ってください。それが僕にとっても一番、嬉しい事だから。

論創社の森下さん、関係者の皆さん、ありがとうございました。それから、共に歩みを進めるAND ENDLESSのメンバー、ありがとう。特にこの作品においては、中学時代からポアロを全巻読破していたメンバーの佐久間さんがたくさん本を貸してくれました。その事に一番驚きながらも、実は全巻って言うのは嘘なんじゃないか？　と疑ってごめん。ま、

今も疑ってますけど。

最後に、いつも劇場に足を運んでくれる皆さん、ありがとう。本当に。ありがとう。

この言葉でいいのか、と思うくらい感謝しています。

まだまだ続きます。大きな帆を掲げて、「物語」という航海を。

二〇〇八年六月　「ジーザス・クライスト・レディオスター」の初日前夜に。

西田大輔

AND ENDLESS assessment　Vol.7
『ONLY SILVER FISH』『+ GOLD FISH』上演記録

上演期間・・・・・・2007年5月10日～23日
上演場所・・・・・・笹塚ファクトリー

『ONLY SILVER FISH』
【CAST】
マシュー・・・・・・村田洋二郎
エミリ・・・・・・・田中良子
ロイ・・・・・・・・村田雅和
セシル・・・・・・・中川えりか
リッキー・・・・・・伊藤寛司
サマーソン・・・・・佐久間祐人
パーカー・・・・・・岩崎大輔
アガサ・・・・・・・安藤繭子
【GUEST】
ロジャー・・・・・・塚本拓弥
ラトーヤ・・・・・・芳賀恵子
ケビン・・・・・・・徳　秀樹（HOT LOAD，㈱手力プロダクション）
リリィ・・・・・・・今泉祥子（東宝芸能㈱）

『+GOLD FISH』
【CAST】
マーティズ・・・・・村田雅和
クラリス・・・・・・田中良子
ペイトン・・・・・・一内　侑
ヴィクトール・・・・竹内諒太
エヴリン・・・・・・宮本京佳
ヒューズ・・・・・・矢口　雄
パーカー・・・・・・岩崎大輔
ポロット・・・・・・佐久間祐人
ワイズナー・・・・・加藤靖久
【GUEST】
シンシア・・・・・・芳賀恵子
ベントー・・・・・・塚本拓弥
アーシュラ・・・・・今泉祥子（東宝芸能㈱）
ブラント・・・・・・徳　秀樹（HOT LOAD，㈱手力プロダクション）

【STAFF】
作・演出・・・・・・西田大輔
舞台美術・・・・・・深海十蔵
音響・・・・・・・・井上林童
照明・・・・・・・・千田実（CHIDA OFFICE）　南香織（CHIDA OFFICE）
舞台監督・・・・・・清水スミカ
衣裳・・・・・・・・瓢子千晶
ヘアメイク・・・・・林美由紀　東京モード学園メイク・ヘア学科
美容協力・・・・・・STEP BY STEP
宣伝美術・・・・・・サワダミユキ
WEB制作・・・・・・高橋邦昌
撮影・・・・・・・・カラーズイマジネーション
舞台写真・・・・・・飯嶋康二
制作・・・・・・・・大森裕子　八巻正明　小比賀祥宣　安井なつみ　植野正浩
協力・・・・・・・・株式会社シグ　㈱東京オリエンタル　村田さやか　雲出三緒
プロデューサー・・・下浦貴敬
主催・・・・・・・・Office ENDLESS

西田大輔（にしだ・だいすけ）
1976年生まれ。日本大学芸術学部演劇学科卒業。
1996年、大学の同級生らと共に劇団AND ENDLESS
を旗揚げ。以降、全作品の作・演出を手がけるほか、
映画・アニメ等のシナリオを執筆している。代表作に
『美しの水』『SYNCHRONICITY LULLABY』
『FANTASISTA』『ガーネット　オペラ』など。

上演に関する問い合わせ
株式会社ディスグーニー　　DisGOONie inc.
〒152-0003　東京都目黒区碑文谷3-16-22　trifolia203
TEL・FAX：03-6303-2690

ONLY《オンリー》 SILVER《シルバー》 FISH《フィッシュ》

2008年 8 月25日　初版第１刷発行
2018年 12 月25日　初版第２刷発行

著者　　西田大輔
装丁　　サワダミユキ
発行者　森下紀夫
発行所　論創社
東京都千代田区神田神保町 2-23　北井ビル
tel. 03（3264）5254　fax. 03（3264）5232
振替口座 00160-1-155266
印刷・製本　中央精版印刷

ISBN978-4-8460-0689-1　　http://www.ronso.co.jp